月亮來的女兒

光的誕生

Mrs. Q / 著

推薦文

　　以真實的鄉土經驗為基礎，發展魔幻的冒險故事；以東方色彩的神話想像，開拓童話的世界視野；以環保的關懷意識，推動女性成長的主題。這部具有獨創性的文學，相信小孩和大人都能各取所需。更因富有鮮明的視覺魅力，希望能夠早日看到它的電影或動畫版。

鴻鴻
父親、詩人、導演、作家及策展人（台灣）

　　　　　　　※　　　　※　　　　※

　　我百分之百的愛上這一系列的故事……。這個
故事很貼切地訴說出，現今我們地球所面對的種種危
機。這是一本，在充滿著魔法的美麗奇幻故事裡，教
導我們的孩子用和善和慈愛的心，來克服黑暗困境的
心靈智慧書。這個小女孩是一個不一樣的英雄，她不
像任何一個你以前所讀過的女英雄。真的是一個既有
創意又激勵人心的故事，你的小孩會非常喜歡的！

Ines Beyer

母親及得獎作家（德國）

　　　　　　　※　　　　※　　　　※

　　這是一本適合親子共讀的書，故事主人翁「小
光」，如同月光，散發溫柔的光，照亮自己也照亮別
人。生動有趣的故事鋪陳，重新讓我們學習人類「幸
福」的定義，找到生命與環境之間平衡的支點。讀完
這本書後，相信您會有些改變，發現自己可以帶給他
人幸福的亮點。

邱淑芬

母親及青少年輔導老師（台灣）

※　　　※　　　※

　　在小光的冒險故事裡，充滿著在成長裡所面對的壓力和挑戰。在面對這些挑戰過程中，她學習發覺著自己的長處及能力。且用著這些能力，以及她心中那份對家人和人類大大的愛，去守護這個她最愛的地球。小光真的是我們每一個，小自三歲小孩，大至一百零三歲的大小孩們的學習好典範。

Cheryl Young
母親及心理諮詢家（美國）

※　　　※　　　※

　　作者Mrs. Q從東方的神話裡，創造出一個不只挑戰著主角小光，也挑戰著她的家人和朋友的驚奇故事。她愛人及人的心，讓她致力於保護人類和地球，及他們的未來。從她如何發現她的特殊能力，到她如何用著這些能力，是非常值得一讀的。

Sharon de Leon
87歲的年輕藝術家及設計師（美國）

序言

　　獻給我在天上摯愛的父母。您們的愛，給我的生命帶來了光和熱，照亮溫暖著我的每一天，謝謝您們！期盼有來世，讓我能夠再成為您們的孩子。

目錄 CONTENTS

第一章
小光和月婆婆

六歲的小光望著滿天的星星。突然間米老鼠、唐老鴨、小白兔、海盜船都一一出現在空中。

「哇！好漂亮喔！」小光驚嘆著。

「想不想來玩啊，小光？」慈祥的月婆婆微笑的問著。

忽然間，小光覺得自己變得好輕。

「小光，妳只要輕輕往上一跳，就可以飛了。」

小光往上一跳，就好像長了翅膀一樣，在星星的旁邊飛著。一陣流星飛過來，她興奮的馬上伸出雙手，抱住了一顆小流星。咻──！就好像坐在雲霄飛車一樣。她快速的穿過北斗七星，然後到了大熊座，一下子又飛到獵戶座。在她前方，米老鼠和唐老鴨在空中開始跳舞著。小光好開心地飛到牠們的旁邊，拉著牠們的手，翩翩起舞。在和米老鼠和唐老鴨說再見後，小光快速的飛到月婆婆旁邊。她的一雙小手摸著、親著月婆婆溫暖柔軟的臉，

「謝謝您，月婆婆！」

小光和月婆婆開心的笑著，唱著歌。

小光好快樂。

「月婆婆我可以留在這裡嗎？」小光懇求著。

「小光，妳要乖乖地待在那裡，我會一直在這裡看著妳。時間到的時候，妳就可以回來了。」月婆婆

安撫著她。

「可是，我好喜歡這裡！」小光無辜的看著月婆婆。

「那麼，妳不怕媽媽找不到妳而難過嗎？」月婆婆溫柔的微笑著。

「也是，媽媽一定會很傷心。」小光皺著眉，嘴角往下壓的說著。

「小光，記得，只要妳需要月婆婆的時候，妳就到月亮下跟月婆婆說，我就會來幫妳了。」月婆婆慈愛的看著小光。

小光有些不捨得的點著頭，「嗯。」

「那麼明年見了。」月婆婆慈藹的說著，「記得，我永遠愛妳！」

「月婆婆，不要走！月婆婆！」小光叫著消失在空中的月婆婆。

「小光，怎麼了？」媽媽坐在小光床邊，親吻著她的小額頭。

小光睜開了眼，看著正在對她微笑的媽媽。

每天早上，小光媽媽總是親吻著她小孩的臉頰、額頭、小手指、小腳趾，叫她的小孩起床。她會摸著小光的腿說著：

「這雙腿又直又均勻，跟你爸爸一個樣，就好像

一雙美術腿，真美！」

「媽媽，美術腿是什麼？」小光問著。

「就像是畫出來的一樣，」媽媽微笑說著，「那麼的完美。」

「小光是媽媽生的，所以是媽媽送給我的，謝謝媽媽！」小光開心的說著。

「也是妳自己勤勞啊！」媽媽說著。

小光不懂的問著：「我勤勞？」

「對啊，在妳還沒有到媽媽的肚子前，妳自己就去挑妳要的樣子。所以妳一定很早去排隊，才可以拿到和妳爸爸一樣的美術腿。」媽媽微笑的說著。

小光好開心又很驕傲，因為她有一雙特製的美術腿。

小光揉揉惺忪的雙眼，「媽媽，月婆婆帶我飛到天上玩。我飛啊，飛啊，還和米老鼠、唐老鴨跳舞，牠們好可愛喔！可是月婆婆怕妳找不到我會擔心，叫我趕快回來。」

「但是，妳還想留下繼續玩，對嗎？」媽媽皺著額頭問著。

「媽媽，沒有，我只想再飛五分鐘就好了！」小光的臉紅了起來，不好意思的說著。

「媽媽知道小光最愛媽媽，但是有一天小光長大

了，還是會離開媽媽的。」媽媽假裝難過的說著。

「媽媽，小光永遠要和媽媽在一起，永遠不分開！」小光緊緊地抱住媽媽說著。

今天是農曆八月十五，晚上就是中秋夜了。從小光有記憶起，每年中秋節的前一晚，月婆婆就會來夢裡看小光，看看小光在這個小漁村過得如何。

小光出生在太平洋最西邊，一個叫福爾摩沙島的小漁村上。村裡不到30戶人家，有一間雜貨店及一間小學。村裡每個人幾乎都是親戚，大家互相照顧扶持。由於都是補魚維生，大家的收入也都差不多。大家都會分享自己剛收成的瓜果，抓到的魚，甚至剛做好的糕餅、粿等等。婚喪喜慶時，每戶人家都會主動義務幫忙。在這平靜的漁村，大家幾乎都不鎖門，有幾隻狗，是用來保護村裡的安全及小朋友。要是有陌生人到來，牠們就會露出那人白牙，呲牙裂嘴兇狠的對著陌生人叫著，這樣大家就知道有陌生人來，就會提高警覺。

村裡的小學，有兩個教室。低年級和中年級兩班，總共人數約25人。所以老師有時會合併兩個班級一起上音樂課、體育課。天氣好時，大家一起到海邊，坐在大石頭上，聽著海浪聲，看著一望無際湛藍的太平洋，上著自然課。

　　小光是家裡四個小孩裡年紀最小的，留著一頭棕黑色可愛的娃娃頭，非常可愛。小光有一個哥哥、兩個姊姊，他們大小光很多歲。

　　大哥叫一品，他大小光13歲。爸媽希望他能做人、讀書，都如一品狀元那麼好，所以叫一品。

　　大姐叫小茹，她大小光10歲。爸媽說大姐一出生就很好帶，很乖，一切都很如意，所以叫小茹。

　　二姐叫小蝶，她大小光7歲。她很好動，而且她手臂上下揮動的樣子，讓爸媽覺得她像一隻快樂的蝴蝶，所以叫小蝶。

　　而小光的來到，則是意外的驚喜。接近40歲的小光媽媽，沒有想到還可以有小孩。她看著自己出奇大的肚子，擔心如果由小光的阿嬤接生會有危險。所以小光是到診所由專業助產士接生的。阿嬤是村裡的產婆（相當於助產士），所以家裡和村裡的一些小孩，都是由她雙手接生出來的。

　　每當小光問她媽媽，她是從哪裡來的，她的媽媽就會這樣告訴她：「妳是從一個蛋裡出來的……」

小光的誕生

　　粉橘色的夕陽，透過半遮的窗簾灑了進來，落在被一層厚厚的黏膜包著，剛出生的女嬰身上。安靜躺

在女人手中的小嬰兒，像似一顆閃亮發光的球。

「哦……她真的很特別啊！」助產士微笑的對著一旁滿臉驚訝的中年爸媽說著。

「這樣的嬰兒是很少有的……」助產士說著便用她的指甲，小心的把這層黏膜從她小小的身上撕下來。全身像裹了油一樣的小嬰兒，安靜的像似睡著般。

「奇怪……怎麼沒出聲？」有些被嚇到的助產士，邊說邊摸著小嬰兒的脈搏。

而站在一旁的爸媽，緊張的握緊了彼此的雙手，擔心的看著他們的小女兒。

助產士馬上用她兩根手指，伸到小嬰兒的嘴裡。

不到幾秒鐘的時間，助產士的手指勾出一小團卡在小嬰兒喉裡的血塊。

「哇……哇……哇……哇……」小嬰兒響亮的哭聲，填滿了整個屋內。助產士花了很長的時間，才把小嬰兒身上的油洗乾淨。小嬰兒這時才開心的笑著，她的爸媽也才放心了。

從那一刻起，小嬰兒很愛笑。她甜美的笑容，就有如陽光般發亮著。她意外的到來，為全家帶來很多的喜悅。加上她出生時，就如一個發光的球，所以爸媽給她取名叫「小光」。

小光的爸爸是一位非常厲害的潛水伕，他可以不戴氧氣筒，潛到深海捕魚及抓珊瑚。除此之外他還會觀天象，看氣候的變化、季節轉換對潮水及魚群分布影響。因此小光的爸爸，常被雇請到遠洋捕魚，一年有半年的時間都不在家。然而不管小光的爸爸，捕多多的魚及抓多多大又美的珊瑚，薪水仍舊只能夠負擔一般的生活開銷。

　　捕魚的工作，除了很辛苦之外也很危險。爸爸希望他的小孩，可以讀更多的書，以後可以有一技之長，不用跟他一樣，要以抓魚為生。

　　小光的媽媽，是一位熱心幫人又很獨立的女性，因為小光的爸爸，必須經常出遠洋捕魚，她就需要一個人照顧家裡的小孩及小光的阿公和阿嬤。她是外地來的人，不像村裡大部分的人，都是在這裡出生成長的，所以她長得和村裡的人不太一樣。尤其是她的一雙大丹鳳眼，有如從古代的畫裡走出來的女人。村裡，大家都覺得小光的媽媽，是一位很有氣質又美麗的女人。

　　小光的哥哥和兩個姊姊，看著年過半百的爸爸，哪怕零下幾度的海水，為了全家生計，在那冰冷的冬天，仍舊要下水捕魚。所以他們在16歲後，就到城市裡半工半讀去了。

　　小光想要趕快長大，然後她也可以像哥哥姊姊一樣獨立，賺錢幫忙家裡。雖然哥哥姊姊一個個的離開了，還好村裡有很多小朋友，所以小光並不寂寞。但

因為她是村裡目前年紀最小的小孩，所以到山上採芭樂、摘野果，她都還不能去。她只能在家旁邊玩捉迷藏、跳格子、晚上抓螢火蟲，或是在家裡看那台小型電視機裡播出的卡通。

在天氣晴朗的傍晚，小光喜歡躺在海邊的石頭上，望著天空，看著雲朵的變化，有如魔術表演一般。有時有小丑，有時有美人魚，有猴子，有移動的城堡。真是有趣極了！

在海的盡頭，太陽慢慢地落下了。天空由藍色變成橘紅色，再轉紫色，到粉紅色，實在是太美了！躺在石頭上的小光想著，大地是我的床，天空是我的被子，我有一個最棒的家，這應該是天堂吧！閉著眼睛的小光，陶醉在這美麗的世界裡。忽然間，她聽到了媽媽的叫聲：「小光，天黑了，快回來吃飯，不要再玩了！」

看著從廚房煙囪飄出來的煙，小光的肚子也開始咕咕作響了。

小光的爸爸，在沒有出遠洋的時候，義務的教一群來自城市愛好潛水的年輕人。所以一到天氣好的週末，家裡就來了很多年輕的叔叔，好不熱鬧！只見媽媽不停的煮，招呼客人，把家裡的房間、食物都拿出來，給大家分享。爸爸媽媽教小光能分享就是福氣，

所以小光也愛分享，她所有的東西給她的鄰居朋友。
而鄰居們，也和小光一家人一樣樂於分享。

　　媽媽說，小光從會講話開始，只要聽到音樂就會
跟著哼唱，所以，爸爸媽媽常叫小光表演唱歌，每次
表演完，爸爸就會給她五塊錢獎賞。而小光就會把錢
存在玻璃罐裡，期待有天可以存夠錢，去買她想要的
漂亮洋娃娃。因此只要有人叫她唱歌，小光就會說：
「你要先給我五塊錢！」

　　「你們小光以後肯定很會賺錢！」鄰居叔叔伯伯
阿姨們在付完錢後，就會跟她爸媽說。

　　但是只有一個潛水帥叔叔的錢，小光不會收。因
為他對小光很好，總是跟小光玩，帶餅乾給小光吃。
而且媽媽說，帥叔叔是孤兒。小光常想，叔叔那麼
帥，心地那麼好，當其他叔叔都在吃飯聊天，就只有
他陪小光玩。為什麼他的爸媽要離開他？所以小光決
定要對叔叔更好，而叔叔也更疼小光了。

　　村裡的每戶人家，在夏天的傍晚，會把自己做的
木製餐桌放在庭院裡用晚餐。有時村裡的小朋友碗拿
著，就到鄰居家串門子。小光有時也會把碗拿著，到

鄰居家串門子。鄰居家的叔叔、阿姨就會把小光的碗盛滿了魚肉，小光吃得好開心。

　　有一次，小光剛從鄰居家，拿著還沒吃完裝著飯菜的碗回家，加入正在吃飯的爸媽們。她的爸爸就跟小光說：

　　「妳是女孩子，不要碗拿著就到別人家吃飯。」

　　「這樣沒有禮貌，也不好看！」媽媽說。

　　「叔叔、阿姨都很歡迎我啊！而且是他們夾給我的！」小光回著。「別人家的小朋友來，你們也是盛滿了魚肉給他們啊！」

　　她的爸爸點著頭說：「那是待客之道啊！」

　　「所以我也是待客之道啊！」小光似懂非懂的說著。

　　「對，對，待客之道！」爸爸笑著說，媽媽也笑了。

第二章
小光和瑪莉

夏天

　　由於小光的爸爸長久不在家，所以他幫家裡領養了一隻「靈犬瑪莉」。因為小光和姊姊喜歡看《靈犬雪莉》的卡通，而瑪莉雖然是白色的黃金獵犬，但是由於體型相似靈犬雪莉，所以叫牠靈犬瑪莉。

　　從小光有記憶開始，瑪莉就一直在她家看顧著，保護她全家。瑪莉尤其對小光更是保護，小光喜歡靠在瑪莉旁邊和牠玩。在平時瑪莉是很溫馴的，但是只要有不認識的人靠近小光，牠就會馬上走到小光旁邊，露出兇惡的表情，大聲的對著他們吠叫。

　　平常牠喜歡和小光玩丟球的遊戲，另一個是捉迷藏的遊戲，但都是小光躲起來，瑪莉來找她。每次瑪莉都很快的找到小光，且一直舔小光的臉。小光也喜歡對瑪莉唱歌，瑪莉聽著聽著，就安靜下來，坐在地上睡著了。

　　有時候玩著，玩著，小光就會睡在瑪莉的身旁。躺在瑪莉毛茸茸的身上，有如棉花般柔軟舒服。有時小光會爬到瑪莉的身上，但是很快地就掉下來，瑪莉就會去舔小光的臉，好像是去看看小光是否有受傷。

　　有一次小光的媽媽看見了，就跟小光說：「小光，瑪莉是來陪伴我們的，妳不可以騎在牠身上，牠

會受傷，會不舒服的。」

「媽媽，我不知道瑪莉會受傷！」小光無辜的說著，馬上跑到瑪莉旁邊。

「對不起，瑪莉，妳有哪裡痛嗎？我給妳呼呼。」小光邊說邊用力地對著瑪莉全身上下吹氣，而瑪莉就一直跳。

「妳很痛嗎，瑪莉？妳為什麼一直跳？」小光緊張的說著，眼睛泛著淚光。

「媽媽，瑪莉為什麼一直跳？牠是不是真的很痛啊？」小光著急的問著，眼淚都快掉下來了。

「小光不要擔心，因為妳一直對牠吹氣，就像搔癢一樣，所以牠才會跳來跳去。」媽媽微笑的說著。

「所以瑪莉不會死了！」小光開心地叫著，流著喜悅的眼淚，她把瑪莉緊緊的抱著。

「我最愛的瑪莉，妳是我最好的朋友，妳永遠都不可以離開我！」小光開心又憐惜的說著。

瑪莉也會跟在小光爸爸的旁邊，當他去家附近的海邊潛水抓魚的時候，瑪莉就會顧著小光爸爸放在岸邊裝乾衣服的的袋子，直到小光爸爸回到岸邊。當下雨的時候，瑪莉就會用嘴叼著袋子，到大石頭下放著，而自己則不管正在下的雨，繼續在岸邊等小光爸爸。聰明又忠心的瑪莉，贏得小光爸爸的信賴及全家人的愛。小光爸爸也就安心地把小光讓瑪莉顧著，讓她和瑪莉玩。

小光喜歡和姊姊及瑪莉到她們的海邊祕密游泳池

玩，因為小光還小，所以必須和她們一起去。小泳池是小光爸爸的私人養殖場。當小光爸爸捕捉到有價值的海產，如龍蝦、九孔等，他會把待賣的海產，先放在他自己做的網狀捕魚袋裡，然後放在泳池的角落，再用小石頭圍起來。等他抓到一定的量，再拿去賣錢，因為活的海產，可以賣較高的價錢。小泳池落在充滿岩石的海岸邊，靠小光家不遠處，四週都被大小不一的石頭圍著。一般的時候，海水只能從岩石縫中進來，進而形成了一座天然小泳池，大約12尺平方那麼大，水的高度維持在50—80公分左右。只有漲潮和颱風期間，整個泳池的水才會高到淹過四週的石頭。

小光爸爸怕有人偷走那些待賣的海產，所以全家人就會輪流顧著，小光和瑪莉就會跟著去。夏天天氣炎熱的時候，只要爸爸允許，而且不損壞到池子角落所養的海鮮，小光和姊姊小蝶就會下去玩水。小光還不會游泳，所以很多時候，姊姊會背著她游，瑪莉也會跳下來一起玩。瑪莉非常喜歡玩水，因為牠有一層又厚又長的毛，真快把牠熱昏了！但是爸爸怕瑪莉會不小心，弄傷了在袋子裡待賣的海產，所以他會帶瑪莉到另一個小的池子，讓牠盡情玩水。

小光對瑪莉的信任及依賴，看在媽媽眼裡，是既開心又擔心，因為瑪莉總有老去的一天。

有一天，瑪莉跑出去外面玩，但是到天黑都還沒有回來。小光找了所有瑪莉會去的地方，家右邊的菜圃、學校的操場、田邊，就是沒有瑪莉的蹤影。她哭

著跟媽媽說：「瑪莉不見了，媽媽！」

「小光不要急，我們出去找。」媽媽安慰著小光。

爸爸、媽媽和姊姊到村裡每戶人家問，是否有人看到瑪莉，但是都沒有人看到牠。

「媽媽，瑪莉呢？你們怎麼沒有帶牠回來？」小光帶著哭腫的雙眼，問著媽媽。

「爸爸已經和村裡的叔叔、伯伯去海邊找了。」媽媽摸著小光哭紅的臉，溫柔的說著。

「瑪莉是不是被壞人偷走了？還是迷路了？」小光緊張的看著媽媽。「不，牠不會迷路。牠一定是生病了才回不來。」小光說著一串串的眼淚又掉下來了。

晚上的時候，小光跪在庭院地上，對著天上皎潔的月亮邊哭邊求著：

「月婆婆，我的好朋友瑪莉，到現在都還沒有回來。牠一定是受傷還是生病了，請月婆婆幫我找到牠好嗎？我答應您，我一定會很乖。每餐一定會把飯都吃完，我也會幫媽媽掃地，很聽話，我不會跟姊姊吵架。請月婆婆幫我找回我的瑪莉。」

一旁的媽媽不捨的走過來，抱著哭泣的小光說：「小光不要怕，妳的月婆婆一定會幫妳的。」

突然間，小光看到通往海邊的小路，被月光照的通明。小光牽起媽媽的手說著：「媽媽，海邊的小路

好亮，我們去海邊找一找！」

月光指引著她們，一直走到祕密泳池邊的小池子。在兩個大石頭中，有一個黑色的影子。

「瑪莉，是妳嗎？瑪莉！」小光對著黑影叫著。

只聽到一聲微弱的叫吠聲，小光和媽媽迅速地跑過去。只見腳卡在石縫中的瑪莉，全身泡在水裡，只剩下半顆頭露在水面。媽媽趕緊把在不遠處，也在尋找瑪莉的爸爸及其他人叫過來。很快的，他們一起把瑪莉從石縫中救出來。小光衝到瑪莉旁邊，緊緊地抱住牠。

「瑪莉，不要怕，不要怕！我們來帶妳回家了。」小光開心地流著淚說著。她抬起頭，望著天上的月亮，在心中感謝著：「月婆婆，謝謝您！」

而天上那一輪金黃色的月亮，也似乎對小光眨著眼微笑著。

第三章
小光和爸爸及貓

　　小光爸爸因為長時間在海上工作，所以小光每次都很珍惜爸爸在家的時間。天氣好的傍晚，小光會提個小水桶，和爸爸帶著他自己做的漁網，到海岸邊捉魚。爸爸說日落的時候，魚群會隨潮水流向岸邊，所以有特別多的魚。小光看著橘紅色的日落，落在岸邊的潮水上。漁網上的魚，被橘紅色彩霞照得一閃一閃的，好似天上的星星一般，非常的漂亮，好像童話般的迷人。而小光爸爸，就是那位充滿神奇魔法的魔法師，他用著神奇的漁網，把這些海裡的星星帶回家。

　　「爸爸，您好棒喔！好多好多魚喔！」小光很興奮的說著。

　　爸爸對小光微笑著，然後把魚網上的小魚們拿出來放回海裡。

　　「爸爸，您怎麼把魚放走了？」小光不解地看著爸爸。

　　「我們都是靠大海維生的，必須心存感恩、尊敬，感謝大海給我們食物。這些小魚，有天會變成大魚，如果我們現在把牠們都抓回家，那以後就沒有大魚可以補了。做人不可以貪心，抓足夠我們吃的就行了。」爸爸邊說，邊放走小魚，然後把大的魚放在魚桶裡。

　　小光點著頭，「爸爸，我懂了。」然後就對著小

魚和大海說著：「小魚兒，你們快回家喔。我也謝謝您，大海，讓我們全家有魚吃。」

　　爸爸拿著魚桶微笑的跟小光說：「很好，一定要有感恩的心。妳看，今天晚上，我們就有新鮮的魚吃了！還可以做妳愛吃的魚乾喔！」

　　魚乾是小光最愛吃的，媽媽說魚乾有豐富的鈣質，可以幫小光長高高。因為小光是目前村裡年紀最小的小朋友，所以個子也比大家小。小光很想快快長得和其他小朋友一樣高，可以跑的和他們一樣快，爬的一樣高。媽媽會把魚乾烤一烤，煎一煎，加點調味料，給小光當零食吃。可是曬魚乾，是一件麻煩的事。因為怕野貓來吃，總是需要全家輪流顧著曬在外面的魚乾。爸爸媽媽會把魚乾，曬在海邊的大石頭、家裡的屋頂上，或掛在屋簷下。小光、姊姊、媽媽及瑪莉會在旁邊輪流顧著。有時連蜜蜂也來吃，媽媽就會叫小光先走開，免得被蜜蜂叮到。

　　村裡有太多的野貓，也是小光爸媽要領養瑪莉的另一個原因。野貓除了偷吃曬在外面的魚乾，牠們也會跑到屋裡，抓壞放剩菜的櫃子上面的網，還打開櫃子偷吃菜。好多次小光發現，都必須叫媽媽來幫忙，才能趕牠們走。

　　「你們怎麼可以偷吃我們的菜！快走！你們快走

啊！」小光大聲地叫，揮舞著她的一雙小拳頭。但是那些野貓，瞪著小光一動也不動。

「我不怕你們，快走啊！再不走，我去拿竹鞭子了！」小光作勢要用手去打牠們的說著。

「喵……喵喵……」只見那些野貓，呲牙裂嘴的對小光叫著。就好像房子是牠們的，不是小光的。牠們甚至站了起來，好似要和小光挑戰一樣。受驚嚇的小光，便馬上跑去叫媽媽了。

但是自從瑪莉來後，這些貓就很少進來屋內了。可是曬在家裡屋頂上，或掛在屋簷下的魚乾，野貓可是很容易地爬上去偷的。所以小光爸爸，準備了一根長竹竿方便趕貓。姊姊就會拿長竹竿，趕著屋頂上的貓。小光就在一旁叫著：「你快給我下來，你們這些偷吃我魚乾的壞蛋！」

瑪莉也大聲吠叫著，好不熱鬧。

夏天的晚上，只要小光爸爸沒有出海捕魚，晚飯過後就會帶全家人，到海邊乘涼，看星星。爸爸會跟小光講星星的故事。像牛郎織女星的愛情故事、東方蒼龍捨身救世人的故事等，以及每一個星座的由來。這一切的神話深深的吸引著小光。

「爸爸，您怎麼知道那麼多的故事？」小光用崇拜的眼神，看著爸爸。

「那是我的爸爸告訴我的。」爸爸微笑著。

「那是誰告訴你的爸爸呢？」小光疑惑的問著。

「他的爸爸啊！」爸爸笑著說。

「那我知道了，是所有我們家的爸爸，告訴所有爸爸的，對不對？」小光開心的說著。

爸爸皺著眉頭看著小光。

「就是阿公的爸爸告訴阿公，阿公再告訴你的。」小光說著。

「小光真聰明！」爸爸摸摸小光的頭笑著說。

「爸爸，有一天，我也會告訴我的小孩的。」小光驕傲的說。

小光常常幻想，自己到星星上，去拜訪爸爸故事裡的人物，和他們做好朋友。尤其是牛郎織女，一年才可以在七夕見一次，太可憐了。小光不能想像，一年才可以見一次自己愛的人，那將會是多麼悲傷啊！躺在媽媽的懷裡，望著天上的星星，小光覺得自己是世界上最快樂的人了！她最愛爸爸媽媽了，永遠也不要和他們分開。

第四章
小光、姊姊和阿公的香蕉

　　在夏天的早上和傍晚，都有一艘漂亮的白色遊輪，從小光家前面的海域經過。早上的時候，小光就會跑到庭院前大紅花樹旁的大石頭上，去等白色遊輪經過。媽媽說白色遊輪上就如飯店一樣，有餐廳，有房間可休息。城市裡的人，在週末乘坐它到外海渡假。週一至週五，遊輪載人也載商品貨物。它每天早上，從島的南邊城市到北邊城市，傍晚再從北邊回南邊。所以只要它從家前面的海域經過時，大家就知道是幾點鐘了。小光很希望，有天也能跟家人，一起坐上那艘漂亮的白色遊輪。

　　「媽媽，坐遊輪要很多錢嗎？」小光好奇的問著。

　　媽媽笑著：「是比坐車貴很多。怎麼，妳想坐嗎？」

　　「沒有，我只是好奇問問。」小光搖著頭假裝不想坐的說著。

　　媽媽看穿了小光小腦袋想的事，她溫柔地說著：「等哥哥、姊姊畢業了，我們就有多餘的錢，媽媽再帶妳去坐，好嗎？」

　　「媽媽，沒有關係。等我長大了，我一定會賺很多錢，我要帶媽媽和爸爸去很多地方玩！」小光很有

自信的邊說邊抱住了媽媽。

　　「那媽媽，要先謝謝我的小光了！」媽媽微笑的
親著小光的臉頰。

　　村子裡的水果不多，除了大家種的一些橘子，還
有芭樂外，就是阿公的香蕉。

　　小光的阿公，就住在小光家旁不遠處。阿公在家
旁的一塊小空地上，種了一棵香蕉樹。香蕉樹旁邊也
種了幾棵橘子樹。每當夏天的時候，就會長出很多香
蕉。阿公有很多的孫子，但是他特別喜歡男孫。因為
他說男孫是要來傳宗接代的，女孫是嫁到別人家當女
兒的。所以他總是把最大最好的香蕉給男孫。而小光
和姊姊，就分到最小又營養不良的。小光和姊姊很不
服氣，姊姊很討厭阿公這種偏心的行為，所以她們決
定自己去採又大又肥的香蕉。

　　村裡的廁所都是設在戶外的。在一個有月光的晚
上，姊姊帶著小光，騙媽媽要去上廁所，但實際上是
要去採阿公的香蕉。小光是又緊張，又興奮。所以她
請月婆婆幫忙，讓她能很快的找到又大又肥的香蕉。
小光和姊姊很小心安靜地，走到種香蕉樹的園子。但
是小光的手臂，卻被尖利的樹枝刮了一下。

　　「好痛喔！」小光叫著。

　　「妳小聲一點。」小蝶手比在嘴上輕聲的說著，

「有沒有怎麼樣？」

「應該沒事！」在月光下，小光邊說邊看著破皮的手臂。

正當她們要去拔下那根最大最黃的香蕉時，一聲怒吼傳出。

「是誰？是誰在外面？」阿公叫著。

小光好緊張的說著：「怎麼辦？怎麼辦？阿公發現了。」

「噓，噓！」小蝶摀著小光的嘴。

阿公的頭伸出窗外，往著香蕉樹看著。姊姊把小光拉到香蕉葉下躲著，和風徐徐地吹過香蕉葉。緊張的小光深信阿公有看到她們。月光突然在這時不見了，周圍一切全變黑了。時間跟空氣，好像一時間全部停止一樣。也不知道，她們在樹下待了多久的時間，直到月光又出來的時候，小光才覺得自己可以呼吸。小光和姊姊很快的拔了幾根香蕉，飛奔似的跑回家。她們到家旁邊的芭樂樹下，享受著她們的戰利品。

「我吃，我吃你這個大香蕉，哈哈哈！」小蝶開心的笑著。

小光也開心的吃著。她們把香蕉皮埋在的芭樂樹下，這樣就沒有人可以知道是她們吃的。小光看著天上的月亮，心裡說著：「謝謝您，救了我，月婆婆！」

但是精明的阿公，總是會發現他的香蕉少了。他

會當著媽媽和小光跟姊姊的面前說：「昨晚不知道哪來的猴子，偷吃了我好幾根香蕉。」

「猴子，猴子在哪裡？」小蝶裝天真的問著。
「是啊，我們要看，阿公！」小光說著。

而阿公就會用不開心的語氣說：「就是妳們！妳們這些小猴子！」

　　說到小猴子，就會想到爬樹。小光很喜歡爬樹，雖然媽媽說她還小，不能自己爬，要有大人幫忙時，才可上去。可是小光有時，還是會趁媽媽沒看到時，偷偷爬到樹上。

　　「瑪莉，妳要安靜，不要跳，免得被媽媽發現了，那我就糟糕了！」小光對著在樹下跳來跳去的瑪莉說著。

　　「妳乖乖的，在下面等我。」小光邊說邊往樹上爬去，瑪莉則是一直盯著小光看著。

　　「不要擔心，我沒事。」小光說著，找到一株大樹幹躺了下來。

　　風吹動著她的頭髮和衣服，吹動著樹葉和樹枝。小光喜歡風輕輕的，吹過她臉頰的感覺。金黃色的陽光，從葉縫中照了進來，葉子都閃閃發亮著。

　　「好美。」小光心想。

躺在樹幹上的小光，覺得自己好像在飛一樣。就跟夢裡她在飛一樣，好自由自在。小光幻想自己是一隻可愛的小鳥，可以飛這裡，飛那裡。無拘無束，想到哪裡就到哪裡。

　　有時，小鳥會飛到小光旁邊的樹枝停下來。小光會和小鳥說：

　　「你今天要去哪裡玩啊？可以帶我一起去嗎？我也好喜歡在天上飛，一直飛，一直飛，好棒哦！」

　　小光看著小鳥從她身邊往上飛。金黃色的陽光，灑在小鳥的翅膀上，好像卡通裡天使的翅膀一樣，發亮著。

　　「好美！好神奇的畫面！」小光心裡讚嘆著。小光覺得小鳥有如從天堂來的神奇靈物，是小天使化身來陪她玩的。

　　小光想要感覺從天堂來的神奇法力，她閉上眼睛，讓陽光灑在她的臉上、身上。瞬間，一股溫暖的力量籠罩她全身，她感到自己變得強大勇敢了。所以小光喜歡一個人爬到樹上去，因為這是她感覺到神力的地方。

　　但有一次，為了拿到更多的神力，她想離天堂近一點，結果她爬得太高，不敢下來。她在樹上等了很久，才有人經過把她抱下來。那一次真的把小光嚇壞了。所以從此以後，她答應自己，她只會爬到第一個或第二個，靠近地面最大的樹幹上，繼續她拿神力的工作。

第五章
夏天的颱風

　　風呼呼地吹著，而且愈來愈大。站在庭院爸爸做的木頭大床上，小光對著風叫著：「你來啊！我不怕你，我向你挑戰！你吹吧！」

　　風把大樹的葉子、樹枝吹得都快彎掉了，而且發出吱吱作響的聲音。

　　「你是在嚇我嗎？我是這個世界的女兒，你們只是幫忙工作的風，我不怕你們的！」小光叫著。

　　「小光快進來！風這麼大，妳在外面做什麼？」媽媽叫著。

　　「好的，媽媽！」小光回應著。

　　然後對著風，小光大聲叫著：「你們快停止，不要傷了樹，否則我一定對你們不客氣！」她義正嚴詞的指使著，然後走回家裡。

　　在房子裡，媽媽嚴肅的看著小光說：「聽說有颱風要來，小光妳不要出去，乖乖在家裡，知道嗎？」

　　「好的，媽媽。」小光點著頭。「爸爸呢？他回來了嗎？」她問著。

　　「還沒有，但是應該快了。」媽媽語氣有些擔心的說著。

　　風愈吹愈大聲，都可以聽到樹枝打到樹枝的聲音。小光跑到窗戶旁，對著外面叫著：「你們這些笨蛋風，不要再吹了！我爸爸去捕魚，還沒有回來！」

小光擔心的邊看著大風，邊繼續說著：「你們一直吹，會把海浪吵醒。到時候海浪生氣，就會很可怕，漁船都回不了家。所以，你們不要再吹了！」

　　風吹得更大聲了，好像根本聽不到小光說的話。天也愈來愈黑，雨也開始飄下來了。

　　「媽媽，外面愈來愈黑，又下雨了！爸爸怎麼還沒有回來啊！」小光緊張的說著。

　　這時姊姊揹著書包回來了。

　　「媽媽，颱風要來了，所以學校讓我們先下課。」小蝶說著。

　　媽媽向姊姊點了頭，就走到神桌前，向神明祈求爸爸和在外地的哥哥姊姊平安。小光也跑到神桌前跪下。

　　「所有的神，麻煩您們幫幫我爸爸和其他叔叔的漁船，平安的回來。」小光求著眼眶開始泛著淚。「外面風很大，雨也愈來愈大，我叫他們停，可是他們都不理我，他們真的很壞。媽媽說只要我用真心，努力的跟您們說，您們就可以聽到，您們就會幫我們。小光拜託您們，把爸爸帶回來，好嗎？我一定會很乖，聽爸媽的話，我也會打掃您們住的這個神桌，好嗎？」

　　姊姊摸著小光的肩膀說：「爸爸一定沒事，他那麼厲害！」

　　風繼續地吹著，雨也愈下愈大。小光看著鐘，擔心地問著媽媽：「我們可以拿傘，去海邊等爸爸嗎？

已經很久了，他還沒回來。」

　　「妳跟姊姊留在家裡，媽媽去海邊看看，是否已經有漁船回來了。」媽媽藏著擔憂的心，試著安撫小光。

　　「可是外面風雨這麼大，媽媽！」小蝶擔心的說著。

　　就在這時候，門打開了，爸爸手提著兩大桶的魚微笑的說：「你們看，爸爸抓了很多魚回來了！」

　　小光衝到爸爸旁邊，一雙小手緊緊的抱著爸爸，哭著說：「爸爸，爸爸，您回來了！我以為您不會回來了！」

　　「愛哭鬼，哭什麼哭，我就跟妳說，爸爸很厲害，一定沒事的！」小蝶眼睛也泛著淚光的說著。

　　眼眶紅紅的媽媽對爸爸說：「你肚子餓不餓？小光，妳爸爸全身濕答答的，先讓妳爸爸去換衣服吧！」

　　「妳們大家怎們都哭了！妳們不要擔心我，妳們忘記了，我可是這幾個村子裡，最會游泳的，也最有力氣的人！」爸爸說著便伸出他那雙大手臂，把媽媽、小蝶及小光全部抱著。瑪莉也在一旁跳著，好似開心地迎接爸爸回來！

　　颱風天，小光不能出去玩。風雨又那麼大，有時

風的聲音那麼大，就好像有人在叫一樣。小光雖然有些害怕，但是有爸爸媽媽在旁邊，很快她就不怕了。而且還有瑪莉陪她玩。

「把蠟燭插好，準備火柴盒，等一下可能會停電！」媽媽對著小光和姊姊說。

「要停電了……好可怕！」小光心裡想。因為小光最不喜歡黑暗了。

爸爸知道小光不喜歡黑，所以他抱著小光說：「不怕，小光，爸爸在這裡！」

小光點點頭。

在停電的黑茫茫的屋子裡，家裡的每個角落，都被橘黃色的蠟燭光點得通明，小光一點都不害怕了。雖然姊姊有時會從背後嚇小光一下，或是披上大被子，做一個大鬼影在牆壁上嚇小光。第一次時真的嚇到小光大叫。

「姊姊啊，不要捉弄妳妹妹！」媽媽說。

「我就是要訓練她，膽子大一點啊，我是為她好！」小蝶開玩笑的說。

「妳最喜歡欺負我啦，我不跟妳好了。」小光生氣的說著。

「來，我們來玩影子遊戲。」小蝶說著，就握住了雙手在蠟燭光前揮動著，而牆壁上，就出現長頸鹿的頭。一會兒又變成飛機，一會兒又變成大象。好似布偶戲一樣，非常好玩。

「姊姊教我，教我！」小光興奮地叫著。

「好，看這裡！」小蝶說著，便握起了手指頭。

小光跟著姊姊，握著手指頭，在蠟燭光前揮動著。牆壁上出現了兩隻小白兔，小光好開心。兩隻小白兔跳到餐桌旁、椅子下，小光覺得好玩極了！突然間，姊姊的手變成了鱷魚，要吃旁邊的小白兔。

「怎麼辦啊！」小光叫著。

爸爸做了個手勢，「小光，看這邊，跟著我！」爸爸說著。

小光跟著做，「是一隻小鳥！」小光叫著。

小鳥很快的就飛走了，就這樣，姊姊和小光又和好了。

颱風天，唯一可以知道外面消息的，是家裡那台收音機，爸爸會隨時開著。可是，有時都有很多雜音，爸爸說是因為風雨的關係。但是大部分時間，都可以聽到收音機裡放出來的音樂，小光媽媽就會跟著唱，小光也會跟著哼。雖然大部分時間，小光不知道歌的內容和意思，但是她會隨著曲調，時而高亢，時而悲傷，看得爸媽跟姊姊都笑得不停。而小光也會不好意思的和他們一起笑。

爸爸媽媽就會說：「小光長大一定是個好歌手，也許可以當一個大歌星呢！」

「真的嗎？我可以嗎？」小光興奮地問著。

「不只歌星，還可以當演員！」小蝶一邊說著，一邊模仿著小光唱歌時的表情及搖頭的樣子。

「妳真的很壞，一直喜歡笑我。媽媽，妳看姊

姊！妳看姊姊！」小光嘟嘴又跺腳的說著。

「妳看看那個嘴巴，可以吊三斤豬肉，那麼厚！」小蝶嘟著嘴取笑著。

「媽媽，妳看姊姊！妳看姊姊，一直笑我！」小光生氣又跺腳說著。

「不要逗妳妹了，她還小。」媽媽笑著說。

小光跑到媽媽懷裡，對姊姊做了一個勝利的臉。

「你們不要太寵她，小心有天她騎到你們頭上了！」小蝶好似大人般的告誡著她們的爸媽。

「是的，姊姊！」爸爸笑著舉起三根手指頭在眉上敬禮著。

小光很期待颱風天吃飯的時間，因為爸爸媽媽會準備不同的罐頭。像是蕃茄魚罐頭、水果罐頭等等，這些都是小光平常吃不到的特殊食物。小光爸爸會用魚罐頭煮湯麵，好香好可口，小光都會吃上兩碗。但是小光最喜歡的是鳳梨罐頭，好甜好好吃！可是只有小光感冒的時候，爸爸媽媽才會給小光吃。而且一個罐頭，要分好幾次吃。因為很難吃得到，有時候小光連做夢，都會夢到吃鳳梨罐頭。所以有時，小光為了要吃鳳梨罐頭，就會假裝咳嗽不舒服。但是當然，很快地就被爸媽識破。

爸爸會把鳳梨罐頭分成四等分，分給大家一起吃。看著爸爸把鳳梨罐頭分成四等分，小光看到口水

都要流出來了！看著小光一口又一口，滿足又幸福的吃著，媽媽把她的那份給了小光。

「可是媽媽，您呢？」小光問著。

「沒有關係，妳吃吧。」媽媽溫柔的說著。

「不行，媽媽也要吃。小光只要再吃一小口就好了！」小光一邊說，一邊滿足的吃著。

媽媽抱著小光，眼眶紅著說：「妳這麼小，就這麼懂事。是我們沒有能力，給妳更好的生活。」

「媽媽，您怎麼了？」小光問著。「您不要難過，小光長大賺很多錢，給媽媽買很多鳳梨罐頭，好不好？」小光抱著媽媽，像似保護媽媽說著。

「又再撒嬌了……」小蝶說著，便把手上的碗要給小光。「來啦，我的給妳吃。」

「沒有關係，我吃夠了！」小光微笑的和姊姊說著。

「我的都吃完了，是誰不吃啊？我來吃好了！」爸爸說著，伸手假裝要去吃媽媽和姊姊盤子裡的鳳梨。

姊姊馬上拿起盤子向一旁跑去，而爸爸則在後面追著。好不熱鬧！

今天吃完了鳳梨後，爸爸牽著小光及姊姊的手說著：「爸爸有個新的工作，再不久就要出發了。這個工作有比較多的薪水，到時候爸爸就給妳們買很多的鳳梨罐頭，還有其他的水果罐頭，還有新衣服、新鞋

子，還有小光的洋娃娃。」

小光雖是高興，可是一想到要跟爸爸分開，心裡就難過起來。

「什麼時候要去？要去多久？」小光嘟著嘴說。

「再過一個月出發，去幾個月。」爸爸說著。

「幾個月！這麼久……」小光嘴角下壓難過的說著。

她和姊姊不捨的看著爸爸。

爸爸看著難過的小光及姊姊，他心裡頓時也酸起來。他帶著笑臉說：「來，來，我們來量妳們的腳有多大了。」

「量腳？可是我不知道尺在哪裡，爸爸。」小蝶說著。

「沒有關係。」爸爸說著就從神桌的櫃子裡，拿起一條紅色的塑膠繩。他量著小光及姊姊的腳，然後剪下塑膠繩，放在他的皮夾裡。

「這比尺更準確！」爸爸很自信的笑著說。

小光抱著爸爸很高興的說：「謝謝爸爸！」

第六章
颱風過後旱災來臨

　　在庭院裡，爸爸、媽媽和姊姊正在打掃被颱風打下的樹枝及屋頂的瓦片，還有整理菜園裡被損壞的菜和倒下的竹籬笆。

　　「媽媽，我的鴨子們呢？他們都還好吧？」小光問著。

　　「牠們沒事，」爸爸回答著，「但是小光，外面還沒整理好，妳不要出來！」

　　爸爸媽媽在菜園旁的竹籠子養了十幾隻鴨子，小光喜歡和鴨子玩，媽媽會準備一些青菜讓小光餵牠們，或有時放牠們出籠子來吃蚯蚓，媽媽就會讓小光在旁邊顧著，以免有時野貓會來咬黃色可愛的小鴨子。在鴨子們吃完東西後，小光最喜歡趕鴨子回去籠子裡。

　　「你們不要亂跑啊！」雙手拿著小竹棍，在空中揮著的小光，邊叫邊很忙的，一會兒趕著右邊，一會兒又趕著左邊，把到處亂跑的鴨子們趕回籠子裡。「快回來！」

　　雖然把鴨子趕回籠裡，對小光來說是有些挑戰，

但是小光覺得她現在長大了，可以幫爸媽的忙了，所以她不怕困難。

「啊！」在外面打掃的姊姊，突然大叫一聲。

然後小光聽到媽媽大叫：「爸爸快來！姊姊的腳被玻璃割到了！」

小光很快的跑到她們身旁。

「小光，小心！有碎玻璃，不要踩到了！」媽媽叫著。

只見姊姊的腳趾頭，一直流出血來，把小光嚇壞了！

爸爸趕緊用手，把姊姊流血的腳趾頭壓著。

「妳先壓著，我去摘草藥！」爸爸對媽媽說著。

爸爸很快地，在庭院的一棵樹上，拔下一些葉子，放在嘴巴裡咬碎。然後放在一塊白布上，把姊姊受傷的腳趾頭包住。

「好痛啊！好痛！」姊姊泛淚的叫著。

「不怕，很快就不會那麼痛，血很快就會止了！」爸爸安慰著姊姊。

小光覺得爸爸實在是太厲害了！什麼都會，真是一個超人爸爸！

小光爸爸，從小就跟著他的爸媽學草藥。爸爸的媽媽是一位產婆（相當於助產士），所以懂很多的草

藥醫學。爸爸說，村子裡沒有醫院，所以每戶人家都有著基本的草藥常識，可以救急用。

到第二天換藥的時後，姊姊被玻璃割到，幾乎要見到骨頭的腳趾頭傷口，都合起來了。小光覺得太神奇了！小光想著，她也要跟爸爸一樣厲害，她也要學草藥救人。

颱風過後的整個海岸邊，有著上千隻被颱風打上來的死魚，最多的是鰻魚。在小光眼裡，牠們像似一條條躺在石頭上的小龍，很可憐，也很嚇人！於是小光就在岸邊幫這些魚祈禱：

「天上的神啊，這些魚太可憐了。請您帶牠們到天堂和您一起，每天可以自由自在的游著。」

站在岸邊禱告的小光，看到不遠處，有個很像爸爸身影的人往海裡跳。好奇的她跑了過去，看到她爸爸正往海中央游去。

「爸爸！爸爸！」小光叫著。

她爸爸回過頭，向她揮著手，又繼續往前游。小光心想，爸爸去抓魚嗎？小光在岸邊等著。不一會兒，她看見爸爸手裡抓著個東西，往岸邊游回來。當他游近岸邊的時候，小光發現，爸爸手裡抓著一隻超級大的烏龜。

「爸爸，哪裡來的大烏龜啊？」小光叫著。

這時，她爸爸正很用力的把大烏龜帶上岸來。

「牠受傷了。」爸爸說著。

小光跑到大烏龜旁邊，看著腳受傷的牠，眼睛似乎流著淚的看著小光。

「好可憐喔！爸爸，牠在哭嗎？牠是不是很疼啊？」小光擔心的說著，就用她的小手摸著大烏龜。

「這隻烏龜的腳被割了很大一個傷口，應該是颱風的關係。我們回家拿藥給牠擦，再拿一些海草給牠吃。」爸爸說著。

「小光，妳看著，我先回去拿藥。」爸爸說著就跑回家了。

小光看著像似在哭的大烏龜，心裡也難過起來了。

「烏龜公公，您不要擔心，我爸爸很厲害，他懂很多的草藥。等擦了藥，您就不痛了。」小光安慰著大烏龜。

大烏龜眨了一下眼睛，眼淚從眼角流下來。

小光用她的身體，抱住了烏龜說：「烏龜公公，我知道，我知道您一定很痛，對不對？」小光說著眼眶也紅起來了。

「我給您呼呼。」小光對著大烏龜受傷的腳，輕輕吹著。

大烏龜這時閉上了眼睛，動也不動地躺著。

「烏龜公公，您還好吧？」小光這時緊張起來了。她心想，烏龜公公不會死了吧？

「烏龜公公！烏龜公公！您醒醒啊！」小光叫著。

大烏龜睜開了雙眼，然後又閉起來。

「哦！還好牠沒死。」小光鬆了一口氣。

「烏龜公公，我唱歌給您聽好了。」小光邊唱邊摸著大烏龜的背殼。

大烏龜張開了眼睛，似乎微笑地對小光點著頭。

「您好好休息，您一定很累了。」小光邊說，邊輕輕的摸著大烏龜的背殼。「我會在這裡保護您，您不要擔心。」

接下來的一星期，爸爸把大烏龜，放在他們祕密游泳池。每天小光都會跟爸爸拿海草餵食牠。大烏龜也能在泳池裡自由的活動。小光總會過去看看牠受傷的腳，然後抱抱牠。大烏龜也會對小光點點頭，好似說謝謝一樣。

聽村裡的老人說，大烏龜能長這麼大，至少有百歲以上的歲數了，是有靈氣的，必須要好好照顧牠。

這天，爸爸準備把大烏龜放回大海去。小光很依依不捨的，在岸邊跟牠說再見。

「烏龜公公，我知道大海是您的家，我想您的家人應該也很擔心您。」小光說著，說著，淚水充滿了她的雙眼，「雖然我們只認識一星期，我已經把您當成是我的朋友了。您年紀大了，一定要注意安全，暴風雨天不要出門啊。我會想您的。」

「小光，天下無不散的宴席，我們應該為烏龜公

公高興，因為牠要回家和祂家人團圓了。」爸爸說著便把大烏龜放到海裡。

而在海裡的大烏龜並沒有動，牠回過頭看著小光和她的爸爸，點著頭，眼淚從牠臉上流下。

「爸爸，烏龜公公在哭嗎？」小光很依依不捨的揮著手。

「大烏龜真的是很特別又很有靈性。」爸爸說著。

「烏龜公公，您不要難過，您的家人在等您哦。」小光含著淚邊揮手邊安慰著大烏龜。

爸爸抱著小光的肩膀，也一起向游向大海的大烏龜，揮手再見。

小光爸爸說，颱風損傷了很多在近海的魚，今年只有到遠洋，才能捕到魚了。

而好長一段時間，小光都不敢去海邊玩，因為那些死掉的魚，愈來愈臭了。爸爸說只有等漲潮及下雨，才能清乾淨所有岸上的魚，小光只好在家和瑪莉玩。村裡的小朋友都去上學了，小光很期待明年她七歲，可以和大家一起去上學！

今年的夏天，在颱風過後，就一直沒下雨。山上的泉水也快乾了。村子裡的大樹，一一的枯萎掉。小光家旁的芭樂樹，原本在這時候，應該長很多的芭

樂，也都乾枯了。聽媽媽說這芭樂樹，在小光爸爸還沒出生就有了，所以這是一棵很老的芭樂樹。每年夏天一到，就有很多的芭樂，當芭樂成熟時，那個香味，小光常常聞的流口水。小光會拉著靠她最近的芭樂樹枝，試著採芭樂，但是還是常常採不到。

「芭樂樹爺爺，可以給我那顆黃黃的芭樂嗎？一顆就好了，拜託！拜託！」小光都會這樣，在芭樂樹下求著。

有時躺在芭樂樹下的小光，求著求著就睡著了。在夢裡，小光見到芭樂樹爺爺……

「爺爺您好，我是小光。您身上的芭樂好香哦！」小光一副很想吃的臉說著。

「妳就是那個月亮上來的小女孩哦！」芭樂樹爺爺說著。

小光不太懂，她是飛去看過月婆婆，但是她是月亮上來的小女孩嗎？

「可以給我幾顆您身上的芭樂嗎？」小光懇求著。

「當然可以啊，月亮的女兒！」芭樂樹爺爺邊說邊伸出長長的樹枝手，抱起了小光。

小光離地愈來愈遠，怎麼感覺芭樂樹爺爺好像又長高了！她心想著。很快的，她拔了幾顆又大又黃的芭樂，津津有味的吃著。坐在芭樂樹爺爺的樹幹上，小光望著整個村落和藍色大海。

「好美哦！」小光驚嘆著。

忽然間，一個東西打到她的頭。「哎呦！」小光叫了一聲，張開了雙眼。

「什麼東西打我的頭啊！」小光自言自語的邊說邊摸著頭。

小光發現有好幾顆黃色的芭樂，在她身旁。

「哇！是芭樂！」小光高興地叫著。很快的，她撿起了地上的芭樂，開心的邊吃邊說著：「謝謝您，芭樂樹爺爺。我知道您都有聽到我說的話。謝謝您，芭樂樹爺爺！」

但是今年一顆都沒有。

「媽媽，芭樂樹爺爺生病了嗎？他連葉子都沒有。」小光關心的問著。

「等下雨了，應該就會開始長葉子了！」媽媽說。

「可是好久都沒有下雨了！」小光帶著不安的表情說。

「我們跟神祈求，趕快下雨，來救救芭樂樹！」媽媽鼓勵的說。

「嗯，我會努力的求！因為芭樂樹爺爺也是我的好朋友。」小光認真的說著。

又過了一星期，還是沒有下雨。村裡只剩下一口井有水。三十戶人家，只能很節省的用水，也沒有多餘的水澆菜園的菜了。樹上、花上及菜園的菜，都長了很多蟲子。媽媽說有些蟲，是會造成過敏及皮膚紅腫的。所以只要一出門就要撐傘，以免蟲子從樹上掉下來。小光跟姊姊都怕蟲，尤其是姊姊。

「救命啊！怎麼有蟲在家裡啊！」姊姊一邊大叫，一邊跳到桌子上。

平時什麼都不怕的姊姊，現在是嚇得快暈倒了！小光也被姊姊的叫聲和那些蟲子嚇壞了。

「他們只是蟲子。不要去碰牠們，就沒事了！」媽媽邊說，邊用掃把趕牠們出去了！

村子裡的大人，也分頭開始到山上找水源了。小光也會跟著爸爸媽媽去找水源。因為山中的小溪都乾了，所以變成一條彎區的路。

「小光，妳可以走嗎？」媽媽關心的問著。

「我可以的！我要去找水，救芭樂樹爺爺！」小光很有自信的說。

但是找了好久，都沒發現水的蹤影。大家是又熱又渴的，爸爸拿出水壺，媽媽一口，小光一口，爸爸口，大家都很珍惜的喝著水。

「媽媽，我以前真浪費，總是不把水喝完！」小光心裡難過的說著。

「是啊，我們都不該浪費水，浪費食物和浪費可

以用的東西。」媽媽微笑的說著。

　　「天快黑了，我們明天再來找吧。」爸爸說著。

　　村子裡的人，都在為沒有水而煩惱著。小光也想趕快救芭樂樹爺爺。在晚上的時候，小光跑到月亮前跪著祈求：

　　「月婆婆，我等您好久了！我們這裡已經好久沒有下雨了！芭樂樹爺爺都乾枯生病了！月婆婆，您可以帶我去找水嗎？大樹、小樹、花、草和菜園的菜，都需要水喝。他們都生病了，好多蟲子在咬他們，好可憐。月婆婆，您帶我去有水的地方。我們真的，非常非常的，需要水。拜託！拜託！月婆婆。」

　　站在一旁看著小光的媽媽，也過來和小光一起祈求。

　　媽媽閉著眼睛，跪在地上，向月亮求著：「月婆，現在我們真的需要水，我們就只能靠您了。」

　　這是小光第一次，看到媽媽跟月婆婆說話。小光心裡想，媽媽一定也是月亮的女兒。

　　「媽媽，月婆婆一定會幫我們找到水的！」小光鼓勵媽媽的說著。

　　媽媽微笑點頭的說著：「一定的。」

◆　　　◆　　　◆

　　「小光，小光！」月婆婆輕輕叫著睡著的小光。

　　小光睜開了眼睛，她驚訝地說著：「月婆婆！」

　　「跟月婆婆走，我帶妳去找水！」月婆婆說。

　　小光趕快的起了床，跟著月婆婆走去。

　　「月婆婆，我們不是要去找水嗎？怎麼往海邊走呢？水源不是在山上嗎？」小光問著。

　　月婆婆笑著說：「小光長大了，懂的問問題了。」

　　「有時候，如果一直在同一個地方找不到答案，我們就要往不同的方向去找，很有可能答案就在那裡！」月婆婆慈藹的說著

　　「什麼不同方向啊？」小光不解地問著。

　　月婆婆帶著小光，來到小光爸爸夏天常到的一棵大樹下睡午覺的地方。這棵樹座落在通往海邊的路上，夏天的午後，海風往陸上吹，所以很涼很舒服，是一個休息的好地方。月婆婆帶著小光，穿過大樹。

　　「就在前方！」月婆婆指著前方說著。

　　小光看著前方，很多水從地上噴出來。

　　「好多水哦！」小光說著，忍不住就跑過去玩水。

　　「好涼！好舒服哦！月婆婆，您看，好多水哦！我要趕快回去告訴媽媽！」小光興奮地說著。

第六章：颱風過後旱災來臨

51

「月婆婆，月婆婆！」小光叫著。

媽媽親親小光的額頭說著：「作夢了，小光？」

「媽媽，我知道哪裡有水了！」小光激動的說著，便拉著媽媽的手，飛快地往爸爸午睡的大樹跑去。瑪莉也跟在後面跑著。

「媽媽，就在那棵樹後面，地上噴出很多的水！月婆婆帶我來的！」小光興奮地說著。

媽媽看了看樹，這棵樹真的都還長得很好，很綠，也沒有蟲子在咬。她心想，這裡一定有水源。

「我們回去叫爸爸來，這樹後有太多的雜草。我們需要爸爸來幫忙，才能進去看看。」媽媽說著。

爸爸帶著除草的工具，清了一條路進去，小光和媽媽也跟在後面進去。但是並沒有看到水，從地底下冒出來。

「我真的看到很多水，真的，我還玩水！」小光很疑惑地說著。

「沒有關係，我們再找找！」媽媽安慰著。

爸爸用手摸了摸地，「這地是濕的！」爸爸邊說邊拿起了鋤頭開始挖地，很快地水就從地上噴出來了。爸爸試了試水，「是泉水！太好了！」爸爸開心

地叫著。

　　只見瑪莉，馬上跳到水邊喝水，牠興奮的跳著。

　　「爸爸，我沒有騙您，是月婆婆帶我來的！」小光很開心的說著。

　　「那我們要好好謝謝妳的月婆婆了！」爸爸笑著。

　　村裡的人，在晚上月亮出來的時候，在庭院的桌上擺著鮮花和水果，大家非常虔誠的，恭敬地，向天上的月婆感謝著！

第七章
秋天的到來及爸爸的離去

秋天

　　經過一個乾旱的夏天，好不容開始下雨了，天慢慢地變得涼爽了。但是所有的植物，還是乾枯的樣子。

　　「媽媽，芭樂樹爺爺怎麼還是乾乾生病的樣子？」小光皺著眉擔心的問著。

　　「現在是秋天了，所以要等明年春天，芭樂樹爺爺才會開始長新葉。」媽媽回答著。

　　「所以芭樂樹爺爺不會再生病了？明年就會長很多芭樂了，對嗎？媽媽。」小光興奮的問著。

　　「如果今年雨水夠多，應該會有的。」媽媽微笑著。

　　爸爸說，今年因為颱風的關係，近海的魚被損傷很多，所以必須提早去遠洋工作。小光很捨不得爸爸的離開。

　　「爸爸您要去多久呢？」小光問著。

　　「爸爸計劃在過年前回來。」爸爸回答著。

　　「那們還要1、2、3、4個月，那麼久哦！」小光

數著她的小手指頭，捨不得的說著。

　　爸爸微笑地牽起了小光的小手，帶著疼愛的眼神，他叮嚀著：「小光，爸爸不在家時，你要乖乖聽媽媽和姊姊的話，不可以自己一個人亂跑。去哪裡一定要跟媽媽或是姊姊說，而且帶著瑪莉跟妳去，懂嗎？」

　　小光點了點頭，「嗯。」

　　「小光好懂事！爸爸回來的時後，會幫妳帶妳最愛的洋娃娃，好不好？」爸爸笑著說。

　　「謝謝爸爸！」小光開心的抱著爸爸說。

　　爸爸明天就要上船了，媽媽幫爸爸整理著行李。

　　「你記得把這個平安符戴在身上。不要擔心我們，要注意自己的安全及健康。」媽媽關愛的跟爸爸說著。

　　爸爸握著媽媽的手說：「我知道妳擔心我的安全，但是不要忘記，妳老公可是這村子最會潛水的，我一定會平安回來。倒是要辛苦妳了，要一個人照顧這個家！」

　　「你老婆我也是很有能力的，你才不要擔心我！」媽媽俏皮的說。

　　許多晚上的時候，媽媽會坐躺在被窩裡爸爸的旁

邊，一起聽著收音機裡播放出的，爸爸最喜歡的歷史故事，很多都是精忠報國的勇士故事。小光也會跑到被窩裡，夾在爸媽中間一起聽。爸爸常會藉著故事，來教小光做人做事的道理。小光常常聽著聽著就睡著了。

今天晚上，是爸爸遠行前最後的一晚，全家人擠在被窩裡，聽著收音機裡的故事。小光緊緊地抱住爸爸，努力地不讓自己睡著。

「小光，妳睡吧，不要再撐了！」爸爸輕輕的說著。

「不行，不行，我一定要看著爸爸！」小光努力睜開眼說著。

「爸爸也要睡啊！妳一直抱著他，他怎麼休息？」姊姊說著。

「那麼我抱輕一點。」小光說著。然後稍微放鬆了抱著她爸爸的手問著：「爸爸，這樣可以嗎？」

爸爸微笑的點著頭，然後用他大大的臂膀，把媽媽、姊姊和小光都抱在懷裡。

「我今晚就抱著大家一起睡了！」爸爸俏皮的說著。

隔天早上，小光跟在爸媽後面到了車站。媽媽握

著爸爸的手，眼眶泛紅的唱著：「望君平安早日的回航……」一首送別的歌給爸爸。

爸爸抱著媽媽，試著安慰她說著：「不要難過，我是去賺錢，不是去被關好嗎？」

「呸，呸，呸，不要講不吉利的話！什麼關不關的，亂講話！」媽媽緊張的說著。

然後她把綁著紅線的紅色護身符，戴在爸爸脖子上。

「無論如何，你都不可以把祂拿下來！」媽媽鄭重的說著。

「我知道，我已經戴祂很多年了。妳就不要擔心了，好嗎？」爸爸關愛的說著，他的雙手輕輕摸著媽媽含淚的臉。

爸爸抱起站在一旁的小光說著：「小光，妳看，妳媽媽好愛哭。妳要幫爸爸照顧媽媽，好嗎？她需要小光照顧的，因為小光最勇敢了！」

「好的，爸爸，我會照顧媽媽的。」小光很小大人似的說著。「您不要擔心我們，我一定會好好照顧媽媽的！」

媽媽微笑著。巴士來了，小光強忍著淚水，微笑地跟在巴士上的爸爸，努力揮手著。

「爸爸，再見！爸爸，再見！」小光大聲得叫著。

只見巴士，愈來愈遠，愈變愈小了。

✦　　✦　　✦

　　「小光，小光，怎麼哭了？」月婆婆輕聲地叫著，躺在床上的小光。

　　小光張開了眼，看著窗外又大又圓的金黃色月亮上，一個慈祥老女人的臉正對著她微笑著。「月婆婆！」小光心想，對喔！今天是中秋節的前一天。

　　小光坐了起來，她帶著那泛著淚光的雙眼說著：「我很想我爸爸。」

　　「小光，不要擔心。婆婆會看著妳爸爸的船。不要哭了！」月婆婆慈藹的說著。

　　「太好了，謝謝月婆婆！」小光感激的說著，「還有，月婆婆，您可以幫我爸爸，趕快抓到很多的魚嗎？這樣他就可以快一點回來了，拜託您！」小光雙手握在胸前邊鞠躬邊懇求著。

　　「小光，婆婆知道妳想爸爸。婆婆雖然可以讓潮水的漲退自如，但是沒有權力去管海裡的事物。」月婆婆說著。「婆婆答應妳，一定會保護妳爸爸船隻的安全。不要難過了，來，婆婆帶妳上來玩。」她對小光微笑著，便用月光載著小光，往天上飛去。

　　而小光飛著，飛著也暫時忘記了，這是她第一個沒有爸爸在家的中秋節。

第八章
爸爸失蹤了

　　小光的爸爸出海工作已經一個月了，媽媽終於收到爸爸寄來報平安的信。媽媽也鬆了一口氣，臉上的笑容也比較多了。

　　沒有爸爸在家的日子，小光還是像往常一樣，和村裡的小朋友一起玩捉迷藏、跳格子、踢毽子、123木頭人的遊戲。她也會到海邊，用小石頭蓋房子。她常常看著海上的漁船，想像爸爸就在那漁船上捕魚。這樣小光覺得，爸爸沒有離她那麼遠，而且很快就會回來了。但是一到晚上，那些野貓的叫聲，實在嚇壞小光了。她就好希望，爸爸能在旁邊保護她。

　　小光的媽媽知道，小光怕那些野貓的叫聲，所以為了轉移小光對野貓的害怕，她會說很多故事給小光聽。小光最喜歡桃太郎的故事，媽媽會邊唱桃太郎的歌，邊說著桃太郎到處打擊妖怪，保護弱小的故事給小光聽。媽媽真的好會說故事，受著故事的激勵，小光幻想自己也是那勇敢的桃太郎。

　　桃太郎，一個從跟人一樣大的桃子生出來的小男孩。有一天，桃太郎的爺爺到森林裡砍柴，而老奶奶在離他不遠的河邊洗衣服時，發現到一顆大桃子。他

們兩人用盡全力，把大桃子帶回家，卻發現一個小孩子，從桃子裡走出來。老爺爺老奶奶這一生，都沒有生小孩，所以好開心上天賜予他們這個孩子，於是取名叫桃太郎。

這是一個日本的童話故事，是媽媽小時候，她的外婆講給她聽的。

小光的爸爸媽媽，在年紀比較大的時候，才生了小光，所以小光覺得，自己跟桃太郎很像。而且小光的爸媽，也比村中和她差不多歲數的小朋友的父母，年長了很多。故事中的桃太郎，年紀雖小，可是已經開始保護老爺爺奶奶了。常常有怪物及野獸來搶爺爺奶奶的食物，和菜園裡的菜以及雞園裡的雞。這時桃太郎都很勇敢的出來保護老爺爺奶奶，打敗這些壞蛋！所以小光也要和桃太郎一樣勇敢，不再怕野貓了。

又一個月過去，天氣也愈來愈冷了。可是這個月，並未收到爸爸的信。媽媽跑去問村長，是否有漁船的消息。村長叫媽媽別擔心，應該是爸爸捕魚的地方，最近有一些風雨的關係，所以信會晚點到。媽媽

聽了很擔心。

「天上的神，請您保護我先生和漁船上的人，平
安歸來！」媽媽在神桌前祈求著。

剛從外面玩回來的小光，聽見了站在神桌前的媽
媽的祈求。

「媽媽，爸爸怎麼了嗎？」小光問著。

「沒事，沒事。媽媽只是跟神求爸爸的平安！」
媽媽說著。

「那小光也來求！」小光說著，便面對神桌跪
在地上，她全心全意的求著：「天上萬能的神，請保
護我爸爸的漁船，保護我爸爸和其他叔叔伯伯們的安
全。也給他們抓很多的魚。謝謝您們的幫忙，謝謝您
們！」

她對著神桌磕了個頭，然後站了起來，鼓勵媽媽
的說著：「媽媽不要擔心，我很真心的祈求，天上的
神一定聽得到。上次颱風天，風雨很大，神都有幫忙
把爸爸帶回家。所以爸爸會平安回來的！」

「妳這麼孝順，神一定會聽得到小光的祈求，一
定幫我的小光的！」媽媽感動的微笑鼓勵著。

小光在海邊玩，突然間，她的身體隨著風飛起來
了。她和海鷗一起飛在海上，風徐徐地，暖暖的吹著

小光的臉頰和身體，好舒服！小光看著清澈碧藍的海洋裡，住著好多不同顏色的海草、發光的魚，還有螃蟹、章魚。好可愛，好漂亮！爸爸曾經告訴小光，海底的世界，比陸地的世界有更多的色彩，更鮮豔更漂亮。小光心想，應該是像她現在看到的一樣，那麼美麗！

可是天突然變黑了，開始下起雨來。小光很快地飛到一座小島上，停在一棵大樹下遮雨。她看到海面上有一艘船，正被大浪打著。一會兒沉下去，一會兒浮起來。小光心想糟糕，船要沉了！她看看四週又都沒有人，她再往海邊看，船已經不見了。正當小光很緊張的在找船時，她看到沙灘上躺了個人，小光跑過去，竟然是爸爸。

「爸爸！爸爸！您醒醒啊！您怎麼了？爸爸！爸爸！」小光試著叫醒動也不動，躺在沙灘上的爸爸。

媽媽叫醒了小光。「小光，夢到爸爸了嗎？」媽媽溫柔地問著。

小光的臉傷心又害怕的說著：「媽媽，爸爸躺在海邊，我一直叫他，都不起來。他是不是生病了？怎麼辦？」

「小光這只是夢，不要怕，這只是夢！」媽媽試著安撫她，但心裡卻有個不安的感覺。

　　小光和媽媽在田邊，採著做年糕要用的葉子。媽媽說，用這葉子蒸的年糕特別香，特別好吃。

　　「媽媽，我最喜歡吃您做的年糕，好好吃哦！」小光開心的說。

　　「我最喜歡過年了！有好多好好吃的東西！我們要做很多的年糕，等爸爸回來時給他吃！」小光興奮的邊說，邊聞著手中的葉子。

　　「嗯，我們做很多的年糕，等爸爸回來時給他吃。」媽媽微笑著。

　　「玉環！玉環！」村長喘呼呼的跑來叫著媽媽的名字。「出事了！」他一臉焦慮的說著。

　　「怎麼了？是阿振怎麼了嗎？」媽媽的臉很緊張的問著。

　　「阿振的漁船遇到暴風雨，在雷達上消失了。現在船公司已經派人去救援了！」村長回答著。

　　「在雷達上消失了？甚麼意思？是船沉了嗎？」媽媽的手抖著說。

　　「還不知道詳細狀況，有可能是船被吹到雷達偵測不到的地方。船公司一有消息，我會馬上告訴妳！」村長安慰著媽媽。

阿公、阿嬤和媽媽，坐在客廳的椅子上。小光坐在媽媽旁邊，瑪莉也安靜的躺在小光旁邊。

　　「我兒子很能幹，他一定可以平安無事的！」阿公眼眶紅紅的說著。

　　「如果我們有能力，讓他多讀一點書，他也就不用辛苦地去捕魚了。都是我們不好！」阿嬤流著眼淚說。

　　「阿嬤，不要哭。爸爸很厲害，他每次都不怕風雨，都回來了。我們去跟神求，神都聽得到！」小光安慰著阿嬤。

　　「我們小光真乖，真懂事！」阿嬤摸摸小光的頭說著。

　　媽媽每天早上跟傍晚都在神桌前，祈求爸爸能趕快有消息，能夠平安回來。小光也會跟著一起求。同時小光也在等月婆婆的出現。

　　「月婆婆，月婆婆，我爸爸不見了，他的船不見了！您趕快去救他，好嗎？小光求求您，求求您！」在庭院的小光，跪在月下邊流淚邊說著。「我不要什麼洋娃娃和新衣服，我只要爸爸趕快回來和我們全家在一起。小光以後會更乖，更聽話，不再挑食，一定把飯吃完。月婆婆，我求求您！」

「月婆，請您幫幫忙，找回阿振和漁船上所有的人！」媽媽也跪在地上，向月亮磕頭求著。

　　跪在地上的小光跟著媽媽，也一起對著月亮磕著頭。

第九章
過年到了，爸爸回來了

冬天

　　月光照著躺在沙灘上阿振的臉，他聽到小光叫爸爸的聲音。「小光，小光，是妳嗎？」他叫著，便睜開了雙眼。「我在哪哩？」阿振嘴裡唸著就站了起來。他很快地環顧了四週，看到海岸邊破損不堪的漁船，以及沙灘上一些船上的物品。在不遠處，阿振的同伴們，不醒人事的躺在沙灘上。

　　又半個月過去了，還是沒有爸爸的消息。小光和媽媽、姊姊、阿公、阿嬤很擔心。小光常常會帶著瑪莉，到海岸邊等爸爸的漁船。等到天黑，就很失望的回家了。

　　再過一個月就是過年了。以往爸爸在家的時候，爸爸和媽媽就會開始打掃家裡，和準備過年要用的物品。爸媽說把一年不好的氣都清走，迎接新的一年，新的氣象。媽媽雖然難過，可是還是準備著過年要用的物品。

　　媽媽告訴小光：「我們要準備好，等爸爸回來，就可以一起過年了。」

「媽媽我幫您。！」小光認真的說著。「小光長大了，我可以掃地，擦桌椅。我們把不好的氣，都清走！爸爸就會回來了！」

　　「小光真的長大了！」媽媽鼓舞的說著。「好，我們一起把不好的氣都清走，爸爸就會回來和我們一起過年了！」

　　大哥、大姊帶了很多吃的回家過年。

　　小光好開心的說著：「大哥、大姊，這些東西好特別哦！看起來好好吃！」

　　「這些是國外進口的糖果、餅乾和巧克力，都是給小光的！」大姊溫暖的微笑說著，「來，試試看！」

　　「好漂亮的糖果！」小光邊說邊小心翼翼的打開包糖果的紙。

　　「這個紙好漂亮哦！」小光驚嘆著，就把糖果放在嘴裡。

　　「怎麼這麼好吃啊！」小光滿足又開心的邊吃邊說著。

　　「媽，這個梨子和蘋果給您吃。您辛苦了！」大哥感激地說著。

　　「你們回來過年，還帶這麼多禮物，應該花了你們不少錢吧？」媽媽帶著感動的微笑說著。「你們住在外面，也有很多的花費，下次人回來就好，不要買東西了，錢留著，買你們需要的用品。」

「媽，這個梨子和蘋果是從國外進口的。」大哥說著。「我同學的爸爸做進口水果生意，我吃過一次，就想這麼好吃的東西，一定要帶回來給你們吃。」他微笑著。

　　「哥哥，這個蘋果好香啊！」小光聞著蘋果說著。

　　「小光，想不想吃呢？」媽媽笑著問小光。

　　「可是，這是哥哥、姊姊送媽媽的。」小光很想吃，但又不好意思的說著。

　　「媽媽的，就是我們全家的！」媽媽邊說，邊拿蘋果到廚房洗切著。

　　這是小光第一次吃到這麼好吃的水果。

　　「好好吃，好香啊！」小光閉著眼滿足的吃著。小光愛極了這種又香又甜的蘋果。

　　從此之後，蘋果就是小光最愛吃的食物。因為蘋果很貴，所以不常吃到。但是媽媽還是都會省錢買蘋果給小光。有時媽媽會把蘋果藏在衣櫃裡，給小光一個驚喜。

　　「我今天買了妳最愛吃的東西哦！」媽媽俏皮的說。

　　「是什麼？在哪裡？」小光興奮的問著。

　　「妳要自己去找啊！」媽媽逗著小光說。

小光只要站在房間裡，就可以聞到蘋果的香味。她很快的跑到衣櫃，找到又紅又大的蘋果。小光拿著蘋果，跑到媽媽身邊，給媽媽一個大大的擁抱說：「媽媽，謝謝您這麼疼我！您老的時後，我一定會照顧您的，而且買很多媽媽愛吃的東西給媽媽。」

　　「真的哦？長大可能就忘記了。」媽媽逗小光說著。

　　「媽媽，小光最愛媽媽，永遠要跟媽媽在一起！小光會照顧媽媽的！」小光很大人似的說著。

　　哥哥、姊姊們和小光，幫媽媽把家裡打掃的很乾淨，也在門上貼上了新的春聯。村子裡自從大家知道爸爸失蹤後，就常常送魚、菜到小光家。媽媽很感激，所以今年多做一些年糕，要回送給他們。

　　媽媽每天到村長辦公室，去查問爸爸漁船的下落，可是還是沒有消息。雖然媽媽一直表現的很堅強，也跟大家說爸爸很厲害，一定會平安回來，可是有一個晚上，二姊小蝶看到媽媽一個人，在神桌前哭泣。她把這件事告訴了大哥一品。

　　「媽，我們也試著去找過，雖然目前找不到，但是我們還會繼續去找，不會放棄的。」大哥認真的說著。

媽媽含淚的看著大哥，她握著他的手說著：「辛苦你們了。生死有命，我相信你爸爸不管在哪裡，他的心一定是一直跟我們在一起的。」

「媽媽，您不要擔心，如果爸爸真的發生什麼事了，您還有我們。最多我去辦退學，我可以賺錢養家。」大哥眼眶紅紅的說著。

媽媽摸摸大哥的臉，「你不要擔心媽媽，再辛苦，我也會讓你完成學業的。你只要好好讀書，好好工作，其他家裡的事，媽媽會處理。」媽媽邊說邊擦著大哥臉上的淚。

「可是，媽……。」大哥要說卻被媽媽的話打斷。

「媽知道你孝順，但是現在最重要是你把書讀完，知道嗎？」媽媽堅持的說著。

過兩天就是過年了，村裡變得好熱鬧。張燈結綵，每戶人家都換上新的春聯。過年原本是小光最期待的日子，可是今年小光最期待的是爸爸的歸來。

廚房裡的大竹蒸籠，正蒸著小光最愛吃的年糕。

「媽媽，年糕什麼時候會好啊？」小光問著媽媽。

「應該很快了！」媽媽溫柔的說。

媽媽打開蒸籠，熱氣及年糕香，一起從蒸籠裡飄

出來。

「好香啊，媽媽！」小光興奮地說著。

媽媽從大蒸籠裡拿出了一小塊年糕給小光，「小心，燙哦！」媽媽說著。

只見小光一小口，一小口，開心的吃著。但是突然間小光哭了，「爸爸也愛吃媽媽做的年糕。」她邊流淚邊說著。

媽媽把小光摟在懷裡，眼淚也從她臉頰流下了。

「媽！媽！」哥哥、姊姊大聲的叫著，「爸爸回來了！爸爸回來了！」

小光一回頭，看見又瘦又黑，留著鬍鬚的爸爸站在前面。小光嚇了一跳。

「玉環，我回來了！」爸爸說著便一手摟著媽媽，一手抱起了小光。

媽媽開心的眼淚直流的抱著爸爸。

「小光妳變重了，又變高了。」爸爸開心的說著。

可是小光都沒有說話，只是瞪著他看著。

「怎麼了，小光？妳怎麼都沒有叫爸爸。」媽媽問著。

「我爸爸？」小光有點嚇著的說著。「他跟我爸爸長得不太一樣，他有鬍子。」

「小光，怎麼才幾個月，妳就忘記爸爸了。」爸爸假裝傷心的逗著小光。

一旁的瑪莉則一直往爸爸身上跳著。

小光皺著額頭猶豫的看著他，然後伸出了手，摸了摸爸爸的臉，突然間她就哭了起來。

　　「爸爸，您怎麼變了？爸爸，我好想您！」小光哭著說。

　　「爸爸也好想你們大家！」爸爸眼眶紅紅的邊說邊擦著小光臉上的淚。

　　哥哥、姊姊，大家都把爸爸抱著。大家都流著開心的眼淚。

　　「好了，好了，我們都不哭了。」爸爸鼓舞的說著，便從一個破舊的袋子裡，拿出好幾顆比雞蛋大二十倍的巨蛋。「你們看，爸爸帶什麼回來給你們。」

　　小光跟哥哥姊姊們，驚訝的看著巨蛋。

　　「哇！這是什麼蛋啊？」「恐龍蛋嗎？怎麼這麼大？」他們你一句，我一句好奇的問著。

　　「這是駝鳥蛋。」爸爸解釋著。「我們的船被大風雨吹到一個無人島，島上有很多的駝鳥，這些蛋救了我及其他人的生命。」

　　「這些蛋這麼大，那駝鳥一定也很大，對嗎，爸爸？」小光好奇的問著。

　　「是的，牠們很高大。大約九呎高，三百磅那麼重。」爸爸手邊往上比著高度邊回答著。

　　「牠們會不會很兇暴，很危險啊？」小蝶好奇的問著。

　　「如果有人招惹了牠們，或是牠們受到驚嚇，就

有可能會變得暴力。」爸爸點著頭。「所以每次我們去偷蛋，都非常的小心，免得被牠們看到。」

「哇！這樣聽起來好危險喔！」有些害怕的小光邊說，邊看著驚訝的哥哥姊姊們。

「如果有人要偷我的小孩，我也會變得兇惡起來的。」爸爸微笑說著。

小光和她的哥哥姊姊們，一一同意的點著頭。

「爸，您是怎麼從無人島回來的？是誰救您的？」大哥問著。

「是一艘貨輪救我們的。」爸爸說著。「為了讓人發現我們，每天我們會去收集一些乾草和浮木用石頭起火。用煙去吸引經過船隻的注意。終於在十天前，有一艘貨輪發現了我們，把我們救了出來。」爸爸說著眼睛往小光看去，他微笑繼續說著：「還有，小光也救了爸爸。」

「小光！」大家不解的說著，然後一起往小光看去。

「我？」小光疑惑的說。

「對，當我躺在海邊昏迷不醒時，我聽到小光一直在叫爸爸、爸爸。」爸爸說著。「是小光把我叫醒的，否則我有可能會被漲潮的浪又帶回海裡了！」

阿振跟玉環躺在床上，他握著玉環的手說：「玉

環，妳的月婆也救了我！」

玉環溫柔的看著他。

阿振繼續說：「那個大風雨的晚上，天一片黑，我們在大海上根本看不清東南西北。但是突然間，有一道月光，指引我們往小島的方向前進。要不是月婆的幫忙，我們早就……」

玉環用手擋著阿振的嘴巴說：「你平安回來就好了。」玉環看著阿振脖子上的護身符，「你知道嗎，小光真的救了你。」

「什麼意思？」阿振疑惑的看著她問著。「我知道是夢裡的她叫醒我的。我們是父女啊，心有靈犀。」他微笑著。

「你記得小光出生時，身上被一層很厚又油的薄膜包住嗎？」玉環說著，便伸手去摸了摸阿振脖子上的護身符。

「我記得啊，醫生說幾萬個人，才會有一個像小光這樣的情形。」阿振邊說手邊輕撫著玉環的手臂，「妳為什麼現在提起這件事？」

「你知道你身上戴的護身符，是什麼做的嗎？」玉環微笑的問著。

「什麼做的？妳到底要說什麼？」阿振抓著玉環的手臂有點急迫地問著。

「就是小光出生時，包著她的那層薄膜。」玉環邊回答邊看著張大眼睛看著她的阿振。

「什麼？妳一直保存到現在？」阿振驚訝的摸著

身上的護身符說著。

　　「我們所有月亮的人相信，那層薄膜可以保護航海人的安全。帶著祂就不會沉船，也不會溺水。」玉環說著，「像小光這樣出生的小孩，已經很久沒有在世界上出現過了。而且我們也相信，這種水晶小孩的能力，是比任何月亮人要大。」

　　只見阿振的眼睛愈張愈大的盯著她看著。

　　「水晶小孩！」阿振很震驚的說著，「妳是說小光也有超能力，而且會比任何月亮人還大嗎？」

　　玉環點頭說著：「是的，我們叫他們為水晶小孩。可是現在，我也不知道她的能力有多強。而且小光也見到月婆了，月婆也一直在夢裡指引著她。」

第十章
爸爸生病了

　　小光的爸爸坐在客廳的沙發上，這是一個木頭加上大理石做成的沙發。在冬天，媽媽會加上一層墊子，坐起來比較溫暖。爸爸雙手抓著頭部，往後靠在沙發上。他眉頭深鎖著，表情看起來有些痛苦。

　　「爸爸，您怎麼了？」小光擔心的問著。

　　「沒有事，只是有點頭痛。」爸爸緊皺著雙眉說著。

　　小光愈看愈擔心。「爸爸，我去叫媽媽。」

　　「小光，沒事。媽媽在忙，不用叫她。」爸爸邊說邊按著頭兩邊的太陽穴。「妳幫爸爸去房間拿家裡的藥包來。」

　　「好的，爸爸。」小光說著，便很快的跑到房間裡拿出了藥包。

　　因為診所離村子還有一小時的車程，所以每戶人家都有一個急用的藥包，裡面有止痛藥、酒精、繃帶、消毒、止血的藥等等。

　　「幫爸爸倒一杯水。」爸爸皺著雙眉說。

　　小光拿了一杯水給爸爸，說著：「爸爸，您的水。」

　　爸爸吃了止痛藥後，便躺在沙發上休息。

　　「小光，妳唱首歌給爸爸聽，好嗎？」爸爸輕聲的說著。

「好！」小光點點頭。

小光握著爸爸的手，輕輕柔柔地，唱著：「妹妹背著洋娃娃，走到花園來看花，娃娃哭了叫媽媽……」不到幾分鐘，爸爸深皺的眉頭，也慢慢地鬆開了。他給了小光一個微笑後，就睡著了。小光一直待在爸爸旁邊，直到二姊放學回家。

「我回來了！」小蝶叫著。

小光用食指比在嘴巴上，輕聲的說：「小聲一點，爸爸在休息。」

「哦。」小蝶輕聲說著。

「爸爸頭很痛。」小光小聲的指著爸爸的頭說。

姊姊看起來有點擔心的說：「媽媽呢？」

「她在忙。」小光小小聲的說，「爸爸說，不要叫媽媽。」

吃晚飯的時候，爸爸精神看起來好多了。

「爸爸，您好了？」小光開心的說。

「嗯，爸爸說過沒事。」爸爸摸摸小光的頭笑著說，「而且聽了小光的歌聲後，爸爸都好了。」

「你怎麼了嗎？阿振。」媽媽有些擔心的問著。

「老毛病啦。沒事，沒事。」爸爸裝作一副輕鬆模樣的說。

「你頭疼又犯了？」媽媽皺著眉頭問著。

「已經很久沒有痛過了，應該是冬天濕氣比較重。」爸爸說著便站起來拳打腳踢著，「沒事，沒

事！妳看我現在不是好好的？」

「好了，不要像小孩一樣。你要趕快找時間，回去醫院再檢查一下。」媽媽板起臉來嚴肅的說著。

「我沒有什麼事，」爸爸笑著說。「可能是我的船出事的時候，泡在水裡太久的關係。等冬天過去，濕氣沒有那麼重，頭自然會好了。」

「你自己都知道有問題！」媽媽沮喪的說著，她轉頭看著小光和姊姊，「女兒們，妳們覺得，爸爸要不要去看醫生啊？」

「爸爸，您快去看醫生！」「爸爸，您快去！」小光和姊姊嚷嚷著。

「爸爸，我知道看醫生很可怕，要打針吃藥。」小光認真的說著，她的一雙小手牽起了爸爸的手，「不過，您不要害怕！小光會牽著您的手，像我生病看醫生時，您和媽媽牽著我的手一樣。」

「你看，你女兒都比你懂事、勇敢。」媽媽取笑著爸爸。

「當然啊！一定比我更好，更優秀！她們是我的女兒啊！」爸爸抱著小光，親著她的小臉頰，驕傲的說著。

「爸爸，那我明天去幫您掛號。」小蝶說著。

「好的，妳們不要再擔心我了，飯菜都涼了。」爸爸說著便幫姊姊夾著菜。

「小光已經救過爸爸一次了，爸爸不會再讓妳們擔心，我會儘快去看醫生。快吃吧！」爸爸說著。

「爸爸，我救您兩次了！」小光比著兩根手指調皮的說著。

「兩次？」爸爸疑惑的說。

「對啊！您不是說，您昏迷在沙灘的時候，是小光叫醒您的？」小光問著。

「對哦，爸爸都忘了，我真的老了哦！」爸爸笑著說。

爸爸的頭痛，都是因為去年去拜訪他哥哥時，從樓上跌下來跌破頭的後遺症。

每年夏天，爸爸會帶一些海鮮，到城市裡給他的哥哥，也幫家裡買一些日用品。由於需要三小時的車程，怕帶去的海鮮會壞掉，所以會把魚蝦先冷凍起來。他會把去程的時間，抓在海鮮還是冰凍的時候到他的哥哥家。去年，他帶著五歲的小光一起去。他們從家裡先坐一小段的巴士到火車站，再坐火車到城市。小光好喜歡坐火車，有好多的人，每個人都帶著大包小包的，好熱鬧。小光喜歡數過山洞，但是對黑漆漆的山洞，又有些害怕。爸爸知道小光怕黑，於是他在坐位旁的玻璃上，吐了一口氣，在玻璃上寫了一個字「光」。

「爸爸，您寫什麼？」小光問著。

「妳的名字啊。」爸爸說。

「妳就是一道明亮的光，有妳在就不怕黑暗了。」爸爸微笑的說著。

可是小光心裡知道，自己是怕黑的。

「妳也來試試，下一次經過山洞時，妳就用力吹一口氣到玻璃上。」爸爸鼓勵著。

火車再次進了山洞，小光吹了一口氣到玻璃上，，她馬上在玻璃上畫了一個心。就這樣她又畫了一朵花，一棵樹。

「好好玩哦！」小光開心的說著，也忘了自己在黑漆漆的山洞裡。

「啊！爸爸，我忘了數山洞了。」小光說著。

「過四個了。」爸爸說。

「再過一個就到了！」小光開心的說著。

下了車，爸爸想趕快在海鮮退冰前到伯伯家，所以叫了計程車。

「爸爸，這個車好小，就只有載我們嗎？」小光邊看車內邊問著。

「對啊，這是我們自己用的車。」爸爸回答著，「像是有急事，或是有些沒有公車或火車可以到達的地方，我們就可以用計程車。」

「為什麼叫計程車？」小光好奇地問著。

「就是用載你們的距離來收費。」開車的司機叔叔說著。

「所以愈遠就愈貴了？」小光問著。

「是的，妹妹很聰明哦！」司機叔叔微笑著。

「爸爸，那去伯伯家很遠嗎？」小光低聲地問著。

「不會很遠，很快就到了。」爸爸微笑回著。

下了車，爸爸一邊提著海鮮的籃子，一邊爬上樓去，小光跟在後面。這是一棟三層樓的房子，每一層住一戶人家。爸爸的哥哥住三樓，樓梯直直的從一樓到三樓，每一層有一個樓梯間，沒有轉彎。

「小光，妳小心走，抓著旁邊的扶手。」爸爸回頭看著小光。

「好的，爸爸！」小光說著，心想，好高哦！

「爸爸，有水從籃子裡流出來了！」小光叫著。

爸爸馬上看了下籃子。

「小光，妳在二樓等爸爸，我先去三樓請他開門。」爸爸說著便提著正在滴水的籃子，快步往上走到三樓。他按了很久的門鈴，但都沒有人開門。而籃子的水，一直不斷的滴出來。

「小光，他可能不在家。我們先去旁邊的冰店吃冰好了，順便再拿一些冰來冰海鮮。」爸爸說完便又快步的往下走。就快到二樓小光站的地方時，爸爸的腳踩到樓梯上籃子流下來的水。只見爸爸腳一滑，就從樓上一直滾到一樓。

小光快步的走到倒在地上，頭流著血的爸爸旁邊。

「爸爸！爸爸！您還好嗎？」小光叫著。

「小光我……我……沒事。」爸爸說著便昏了過

去。

小光趕快跑到大馬路，叫著：「救命啊！救命！我爸爸受傷流血了。」

可是路上都沒有人，小光跑到路中間，她看到跟她剛剛坐的一樣的車，從她前面開過來。

「計程車！計程車！」小小的小光，努力揮著她的小手，臉上流著淚叫著。

計程車司機停了車，慌忙的走下車。「妹妹，妳站在路中間，這樣很危險。妳爸媽呢？」他關心的問著。

小光邊啜泣邊指著，她後面樓房裡躺在樓梯間的爸爸。

「我爸爸跌倒，從樓上掉下來，頭上流血！請叔叔救救我爸爸！」小光一邊哭一邊說著。

就在計程車司機很快的把爸爸揹到他的車裡時，這時有些鄰居也跑出來了。

「妹妹，妳叫什麼名字？妳爸爸的名字？」一位中年女人問著。

「我叫小光，爸爸叫阿振。我們來找那個三樓的爸爸的哥哥。」小光啜泣的說。

「是那個算命邵先生家，他應該是去擺攤了。」中年女人說著。

「叔叔，我爸爸沒有死掉吧？」小光著急害怕的問著司機。

「沒有，他只是昏倒了，我們快點送他去醫

院。」司機摸著小光的肩膀說著。

　　「最近的醫院就在前面五條街口。我會跟邵先生說，請他去找你們。」中年女人對著司機和小光說著。

　　在車內，小光坐在爸爸的旁邊。看著昏迷不醒，頭流著血的爸爸，小光覺得好害怕，她一直跟神求著：「神啊！救救我爸爸。我求求您們，不要讓爸爸死掉。月婆婆，月婆婆，請您快來救爸爸！」

　　司機聽了很難過，「妹妹，我們快到醫院了，妳爸爸會沒有事的。」他安慰著小光。

　　「謝謝您，叔叔。謝謝您救我爸爸。」小光邊說邊流淚著。

　　爸爸也因為這件意外，腦部裡也就殘留著一些小血塊，在天氣轉換或是天冷時，頭就會痛。醫生說如果有充分的休息及調養，這些血塊是有機會消失的。但是為了生活，爸爸在出院後，還是必須潛水捕魚，所以頭痛一直沒有好。

　　「以後你不要再出遠洋、潛水捕魚了，我們辛苦一點，還是過得去。」媽媽很疼惜的說著。

　　「我……」爸爸要說卻被媽媽摀著嘴。

　　「我可以忍受長年的分離，我一個人帶小孩，都

沒有關係，這些都不辛苦，因為我知道你會回來。我只要我們一家人在一起就好了。」媽媽說著，「用什麼，吃什麼，對我來說一點都不重要。我知道，你一直想給全家過更好的生活。但是，你有沒有想過，如果你倒下了，生病了，我們要怎麼辦？」媽媽眼睛泛著淚的看著爸爸。

　　爸爸摸著媽媽擔心的臉頰，說著：「玉環，我知道妳擔心我的身體。但是，小光、小蝶還小。再說，一品及小茹雖然半工半讀，他們還需要我們的支助，我還是必須負責的。這樣好了，我就不再去遠洋捕魚了，但是近海的我還是會去。而且，冬天的時候，我會去城市找個工作，這樣可以嗎？」

　　媽媽沒有辦法的點點頭，「你還是要去看醫生，不能耍賴。」她堅持的說著。

第十一章
春天來了，外婆的表姐也來了

春天

經過了一個差點失去爸爸的寒冷冬天，小光一家人更團結了，二姊也更加疼愛小光了。今年她決定帶小光，到稻田邊去拔野百合花。

那是小光一直想做的事，但以前家人都說她還小，不能去。

「小光妳現在七歲了，可以跟姊姊去拔百合花了！」小蝶微笑的說著。

「好棒哦！我可以去拔百合花了！」小光興奮地拍著手說著。

在春天的時候，田邊就會長了很多的野百合花。風一吹，就好香。白白的百合花，加上紅色、粉紅色、黃色的小野花，把綠綠的稻田，點綴的如畫般漂亮。

小光站在田邊，用力拔著百合花，卻都只拔到花朵和葉子的部分。

「小光，這樣不行。必須連根拔起，拿回家後才能養的活。而且太小的不能拔。」小蝶教著。

在姊姊的幫忙下，小光也拔了好幾株百合花。當媽媽看到小光和姊姊拔回家來的百合花，她總是給她們很多的稱讚。

媽媽會對七歲的小光說：「我們把這些花放在花瓶裡，敬奉給神。祂一定會保佑小光和姊姊，平安健康的長大。」

　　小光點點頭認真的說著：「對，我們一定要的！神對我們家那麼好。而且爸爸有危險的時候，神都有幫忙把爸爸帶回家。我會拔更多的花，來謝謝祂們！」

　　「嗯！神一定都聽得到小光感激的話！」媽媽微笑的點著頭。

　　一天傍晚，媽媽正要準備煮晚餐的時候，院子裡來了一位年長的女士，穿得很像是古代人的功夫裝或農夫裝。頭後方梳了個包包頭，有一點白髮。她的微笑是小光見過除了媽媽外，最慈祥溫柔的。雖然她看起來比媽媽還年長很多，可是小光覺得婆婆特別不一樣，特別漂亮。她讓小光想起慈藹的月婆婆。

　　媽媽說她是小青姨婆，是外婆的表姐。她在環島旅行，拜訪所有的親戚。

　　「媽媽，那這個小青姨婆的家人呢？」小光好奇地問著。

　　「她一輩子都沒有嫁人，所以她只有自己一個人。」媽媽邊洗著菜邊說著。

　　「自己一個人？好可憐。」小光感到悲傷地說

著。

「她那麼老了，怎麼還要出來環島，拜訪所有的親戚？她是不是沒有錢啊？」小蝶問著。

小光疑惑的看著媽媽。

媽媽把青菜放在木頭砧板，微笑的看著她們說：「每一個人，都有她們想要的生活方式。姨婆喜歡雲遊四海的生活。」

「什麼是雲遊四海，媽媽？」小光問著。

「就是喜歡自由自在，要去哪裡就去哪裡。」小蝶說。

「哇！那不就跟小鳥一樣，要飛哪就飛哪，好棒啊！」小光開心的說。「小光長大，也要跟姨婆一樣雲遊四海！」

「妳可以走那麼遠嗎？」小蝶逗著她。

「我……」小光正要回答時，突然聽到飛機飛過去的聲音。

在小光住的隔壁村，有一個空軍基地，幾乎每天有好幾次，飛機會飛過小光家上空。

「我可以搭飛機去雲遊四海啊！」小光天真的說著。

「那妳要賺很多錢哦！」小蝶笑著。

「我會的！我將來可以賺很多錢！」小光很有自信的說著，然後抱著媽媽笑著說：「我也會帶媽媽一起去雲遊四海！」

「真是乖巧的女兒！」小青姨婆走過來微笑的說

著。

「姨婆好！」小光和姊姊跟姨婆點頭問候著。

「阿姨，要不要留下來過一晚，晚餐也快好了。」媽媽微笑地問著。

「只要不打擾到妳們，我當然很高興，能留下來和妳們聚一聚！」小青姨婆開心的說著。

晚飯過後，小青姨婆搶著要幫媽媽整理餐具和洗碗，但是都被媽媽拒絕了。

「阿姨，您去休息。您在外面旅行那們久，應該累了。我們來用就好了！」媽媽堅持的說。

「是的，阿姨，請您不要客氣，把這裡當自己家！」爸爸很真誠的說著。

「謝謝你們，這麼溫暖，這麼歡迎我。」姨婆感謝的說著，然後她摸一摸自己的口袋，「雖然我身上沒有錢，可是我不吃免錢的飯哦！」小青姨婆調皮的說著。

「好吧，既然你們不讓我幫忙，我可以說一些我旅途上的故事給你們聽，好嗎？」小青姨婆微笑地問著。

「好，好，我最喜歡聽故事了！」小光開心的拍手說著。

小青姨婆講了好多有趣的故事。像是她如何機智的用身上的火柴，拿路邊的雜草和乾木做火把，避開野狗的追逐。如何只帶一個裡面裝著簡單藥物、一件

外套、一雙鞋及一套換洗衣物的小包包在身上，做最簡單的方式旅行。她說很多時候她只吃一餐，姨婆覺得我們人，其實不用吃那們多東西。

小光心想，怪不得姨婆那麼瘦。

小青姨婆說因為每天走路，讓她變得很健康，而且也認識很多的好人。有些人會邀請姨婆到家裡吃飯。但是她一定都堅持幫忙打掃、洗碗等等的工作，來答謝他們。

小青姨婆也說，我們都必須懷著感恩的心，每一粒飯，一碗湯，都是別人辛苦工作換來的，不可以占人家便宜。

小青姨婆繼續說著另外一個故事。

「每天晚上我睡覺的時候，就會把我的長髮放下來。有一個晚上，因為來不及在天黑之前到達一個親戚家中，所以就決定，在靠近農村一個山腳下的涼亭過夜。當天色完全變暗，我躺在黑黑的涼亭裡的長板凳上。正準備睡覺時，一陣大風吹來，把我的長髮吹的四處飛去。突然間，我聽到一個男人大叫著：『有鬼啊！我的天哪！』我馬上坐了起來。又一陣大風吹來，這次把我整張臉和身體都遮住了，這個男人又大叫了一聲：『啊──。』我都還來不及開口說話，只見他扔了手上那些農具，拔腿跟風似的跑了。所以我想，我有長得這麼恐怖嗎？然後我很快地看了一下自己和我眼前的長髮。我開始大笑著，笑到我肚子都疼了。」小青姨婆大笑著。

小光和全家人也和小青姨婆一起笑著。

　　「姨婆您好勇敢哦！自己一個人旅行，都不害怕嗎？不寂寞嗎？」小蝶很敬佩的問著。

　　「傻女孩，怎麼會寂寞呢？」小青姨婆笑著。「在旅途的路上，就可以認識很多的人。而且天地，就是我的家，大地就是我的床啊！眾生都是我的兄弟姊妹，所以我不害怕。而且我沒有做壞事，我相信神都一直在旁邊照顧我，保護我！」慈藹的姨婆有信心的說著。

　　小光覺得自己跟姨婆好像哦，這個世界是我們的家，我們永遠不孤單！

　　「很晚了，讓姨婆去休息吧！」爸爸說著。

　　「姨婆，您的頭髮好長哦？」站在房間門口的小光驚嘆的看著，姨婆梳理她過腰的長髮。

　　「小光，進來啊！」小青姨婆笑著。

　　小光走進來站在她旁邊問著：「姨婆，我可以摸您的頭髮嗎？」

　　「當然可以！」小青姨婆點頭笑著。

　　小光摸著姨婆的長髮。

　　「好柔軟哦！姨婆，您一定留很久了，對嗎？」小光好奇的問著。

　　姨婆皺著額頭想了一下，她笑了笑，「我都忘記

上次是什麼時候剪頭髮了。小光也喜歡長髮？」

「嗯，我好喜歡哦！」小光說著，摸了摸自己的娃娃頭。「但是不知道什麼時候才可以留長。」

小青姨婆摸摸小光的頭微笑著，「小光，妳的娃娃頭非常的可愛。而且我相信再過一年，妳的頭髮就會長長了。」

「我真的好想趕快看到，我的頭髮長得跟姨婆一樣長，那麼漂亮的樣子。」小光滿臉羨慕的看著姨婆說著。

「小光，我們家的女孩，最適合留長頭髮了！」姨婆說著從她的頭髮上，拿下一個很古雅的髮簪，放在小光手上，「這是我媽媽給我的，姨婆現在送給妳！」

「可是，姨婆這是您媽媽給您的，很寶貴的，我不可以拿！」小光搖著頭，很有禮貌地拒絕著。雖然她心裡很喜歡這個髮簪，但她實在不該收下這麼貴重的禮物。

姨婆握著小光的手親切的說著：「姨婆沒有小孩，而且姨婆也老了。所以，小光替姨婆保管著，好不好？」

小光猶豫著。

「而且小光，以後妳要是遇到什麼不能解決的事情，把這個髮簪戴到頭上，妳就會想出解決的方法了！」姨婆繼續說著。

「哇！這麼厲害！那麼我就是女超人了！」小光

好開心的說著。她看著手中的漂亮髮簪，然後抱著姨婆說：「謝謝姨婆！謝謝姨婆！」

姨婆把髮簪戴到小光頭上。「小光，妳看，好適合妳，真漂亮！」姨婆笑著說。

小光看著桌上小鏡中的自己，開心的點點頭。

「還有，小光記得，當妳的頭髮愈來愈長的時候，記得要戴著這個髮簪，它不只幫妳解決問題，還會保護妳哦！」姨婆慎重地說著。

「我一定會記住的！」小光認真的說。

隔天早上，小光興奮的戴著姨婆給的髮簪給媽媽看。

「媽媽，您看，漂亮嗎？」小光開心的說著。

媽媽看著站在一旁的小青姨婆，「阿姨，這麼重要的東西，您怎麼給小光了！」她驚訝的問著。

「玉環，我們都知道，小光是個特別的孩子，不是嗎？」姨婆好像知道什麼的說著。

媽媽點點頭說：「謝謝，阿姨！」

第十二章
春天裡的爬山天

　　春天裡，所有的花都開了。山上、田邊、去海邊的小路上，都可見到大大小小、五顏六色的花。芭樂樹爺爺，也開始長出新的綠葉了。

　　「媽媽，芭樂樹爺爺長了好多的綠色葉子了！他沒有生病了，好棒哦！」小光興奮地告訴媽媽。

　　「對啊，還好冬天下了很多雨。到今年夏天的時候，就有很多的芭樂可以拔了哦！」媽媽也開心的笑著。

　　在每個春天，爸爸媽媽會到家後面的山上，採野生的花草藥，然後拿回家曬乾，做草藥茶。這些草藥茶大部分是用來增強免疫力，或治療感冒等症狀。有些可以止血、止痛，或者是消暑。今年小光也可以跟著一起去。而在今年之前，爸媽覺得她還太小，怕太陡的山坡路，小光還不能走。但是今年，到了夏天小光就要去上學了，爸媽覺得可以讓小光去試試看。小光開心極了！

　　小光和爸爸、媽媽、姊姊一起上山採野草藥。大家一邊唱歌，一邊爬山，非常的開心。上山的路雖有點陡，但是小光都自己爬上來了。

「媽媽，這裡真漂亮！」小光站在綠油油的山坡上說著。

山坡上長滿了黃色、粉紅色、紫色、藍色、紅色的花。

「哇！爸爸您看！好大的，好藍的海！」站在山坡上的小光，指著前方碧藍的太平洋讚嘆著。「還有那些白雲！飄在藍色的天空上，好像一朵朵的棉花一樣，真的太漂亮了！」她開心的望著天空。

「小光，當我們站在高的地方，往下看我們住的地方，是不是更清楚了！」爸爸指著山腳下的村子說著。

小光點頭笑著，「好清楚，現在我就能分辨出東西南北了！」

「怪不得，我叫妳拿東西的時候，有時妳都走錯方向。」姊姊笑著說。

小光摸摸自己的頭，不好意思的說：「如果我們家有二樓，我應該就會看得比較清楚了。」

「有時候，我們做人也是一樣。」爸爸對著姊姊和小光說。「人們會有爭執，就是一直站在自己的位置看事情，所以看不到對方想要表達的，或者對方的感受。有時候就必須把自己靜下來，走出當時的狀況，站在高處看整個情形，就能比較清楚的看到是為什麼而爭吵。」

小光疑惑的看著爸爸問著：「爸爸，是不是，如果我和隔壁鄰居小朋友吵架了，我就要來到山上，來

想想我們為什麼要吵架呢？」

「也可以那樣解釋的。」爸爸微笑著，「但最主要就是，不要在當時的狀況下，一直去爭是誰對或錯，可以換一個心情來看事情。有時換心情，就必須換地方，才能先讓心靜下來，這樣才能心平氣和地去面對事情。」

「爸爸，我會記住的。」姊姊說著。

「我也會記住的！」小光似懂非懂天真的說著。

「好了，你們快來採花草藥了！」媽媽邊採邊叫著。

「這邊，只有紫色的花才是哦。」媽媽邊說邊把手中的紫色花給他們看著，「記得！這個有三片葉子的植物，叫毒藤蔓，不要碰到哦！它有毒性，會讓人過敏發癢！」媽媽指著一旁綠色三片葉子的植物提醒著。

小光跟姊姊點著頭，「好的，媽媽！」她們一起回著。

小光很小心地採著紫色的草藥花，放在媽媽準備的小袋子裡。她看到很多，又大又漂亮的草藥花長在斜坡上。小光心裡有點害怕，但這是她第一次來採，她要採很多給爸爸媽媽，這樣他們就會覺得小光很棒，很能幹！於是小光慢慢的，一步步的往斜坡走。突然間，她腳一滑，「啊！」小光叫了一聲。

只見在小光腳下的花草，都快速的躺在地上保護著她，而小光整個人就坐在蓋滿花草的厚厚草皮上。

爸爸馬上跑了過來，

「有沒有怎樣？」爸爸一邊抱起小光，一邊擔心的問著。

「爸爸，我沒事，沒事！」小光摸著有一點痛的屁股，不好意思的說著。

「妳先坐在這邊休息好了。」爸爸把小光放在一顆石頭上。

「爸爸，我可以的，只是褲子髒了而已。拜託，讓我拔！」小光懇求著。

爸爸清一清小光的褲管說著：「好吧，但是要在爸爸旁邊哦！」

「那爸爸，我們去那裡拔！」小光指著剛才滑倒的斜坡方向說著。

「妳不怕，再滑一次？」爸爸俏皮地問著。

小光雙眼堅定的看著他很有信心的說著：「有爸爸在旁邊，我什麼都不怕！」

「妳的固執，真的跟你媽媽一模一樣！」爸爸搖頭笑著，然後微笑的看了媽媽一下。

媽媽看了爸爸一眼，聳著肩笑著。

「而且爸爸說過，在哪裡跌倒，就要在哪裡爬起來，小光不怕！」小光說著就站了起來，拉著爸爸的手往斜坡走去。

「對！這才是我女兒。」爸爸開心又驕傲的對小光說著，「跌倒了，再爬起來就好了！」

「這叫有其母必有其女！」姊姊大聲的說著。

「我不是其女，媽媽不是其母。媽媽叫玉環，我叫小光！」小光也大聲的對姊姊說著。大家都笑了。

第十三章
小光到山上的大廟

　　有了採草藥的經驗，媽媽決定今年要帶小光到山上的大廟拜拜，為家裡的人及眾生祈福保平安。可是山上還沒有大的路可以開車上去，都必須用走的，甚至有一小段路是必須用繩子爬的。

　　「小光，妳已經長大了，而且今年就要上小學了，媽媽覺得妳可以和媽媽一起到山上的大廟拜拜，想不想去？」媽媽問著。

　　「我想去！」小光開心的說著。「我想幫爸爸求平安符，也要去謝謝，所有的神保佑我們全家。」

　　「可是，除了要走很長的路，有一段路是有點困難，可能須要用繩子爬上去，妳可以嗎？」媽媽問著。「媽媽必須拿供拜的花果，可能沒有辦法揹妳，所以妳要想清楚哦！」

　　「媽媽，我可以的。」小光很有自信地跟媽媽保證著。「您不用揹我，我長大了，我可以自己照顧自己，您不用擔心。」

　　下了巴士，走了好長的一段路，才到山腳下山廟的入口。

　　「媽媽，路在哪裡啊？」小光四處查看著。

「原本有一條路……」媽媽邊說邊找著路，「在這裡，可是現在都被倒下的大樹遮住了。」她嘆了口氣，「小光，看來我們必須用爬的上去。」

媽媽站在山路被大樹遮住的山腳下，皺著眉頭看著一條沿著山壁及大樹，往山上大廟去的小路。

「我會用繩子把妳跟我綁在一起。這山壁上有樹藤，妳可以抓著這個樹藤，跟在媽媽後面往上爬。」媽媽指著壁上的樹藤說著。「但是，如果妳害怕，我們也可以不上去，我們走回大馬路，搭車回家。」

小光吸了很大一口氣，表情很嚴肅的跟媽媽說：「我可以的，媽媽。不要擔心！」小光心想，還好她有偷偷的到海邊，爬過很多的大石頭。

小光看著山壁上的大樹，她說著：「媽媽，我們先跟樹公公求他們保護我們。」小光邊說，邊從媽媽的籃子裡，拿了一朵最大的花，放在大樹前。小光雙手合掌在胸前，開始很虔誠的祈求她跟媽媽能平安的爬上山。

媽媽也在旁雙手合掌祈求著。

「非常好，小光妳就緊跟在媽媽後面，抓緊樹藤就可以了。記得不要往下看，妳就不會害怕了。」媽媽仔細地叮嚀著，然後拿起放在籃子裡的繩子，一頭綁著自己的腰，另　頭綁著小光。

小光緊緊的抓住山壁上的樹藤，往山壁爬上去。媽媽則一邊爬，一邊回頭看著小光，給小光鼓勵著：「很好，就這樣的速度，踩穩。」

小光認真的點著頭。

她雙腳踩著山壁上的石頭，雙手則抓住樹藤或一旁的樹枝，小心地往上爬。小光心裡想，這是比爬海邊的石頭困難一些，但是她可以的。爬著爬著，小光的左腳突然的滑了一下，踩了個空，身體整個重心不穩，往左邊倒下。小光左手緊緊抓著樹藤，右手抓著樹枝，試著踩回石頭上。但是就一直找不到石頭，她低頭往下看，「好高啊！」小光嚇了一跳，她更抓緊了手上的樹枝及樹藤。忽然間，她手上的樹枝斷了，半邊身體掛在空中。小光嚇死了！

「媽媽！」小光叫著。

就在這時，樹公公伸出他長長的樹幹手臂，把小光扶住。小光抓緊了樹公公的樹幹手臂，樹公公對小光點頭微笑著。小光也馬上踩回石頭上了。

媽媽感覺身體被往下拉了一下，她馬上回頭看著小光，只見小光緊緊的握著大樹幹。

「小光妳還好嗎？怎麼了？」媽媽擔心地問著。

「媽媽，不用擔心我，我沒事，我只是要您小心一點！」小光微笑說著。

「嗯，我會的。」媽媽說著心裡覺得很安慰，她的小光長大了。

小光看著正微笑看著她的樹公公。「謝謝您，樹公公！」她緊緊的抱著樹公公大大的手臂，感激地說著。

終於在爬了快半小時後，小光和媽媽到了山頂。

有一位老尼姑走了過來，滿臉驚訝的看著滿身汗的小光和媽媽。

　　「妳們怎麼上來的啊？不會就這樣爬上來吧？」老尼姑問著便伸手幫媽媽拿著手上的供品。

　　小光和媽媽點頭微笑著。

　　「對啊！我們爬上來的。」小光開心的邊說手邊擦著額頭上的汗。

　　老尼姑拿出口袋裡的手巾，擦著滿頭大汗的小光說著：「冬天的時候，下太多雨，路崩了，樹也倒了。我們下山都很困難，難為妳們這樣爬上來。」

　　「我們想，就都已經到了山腳下了，小光也很懂事，所以我們就爬上來了。」媽媽說著很驕傲地看了一下小光。

　　「妹妹這麼懂事，這麼乖。神一定會保佑妹妹，愈來愈聰明，平安健康長大！」老尼姑摸著小光的頭說著。

　　「謝謝婆婆！」小光開心的說著。

　　媽媽帶著小光到廟的大殿參拜。她們把花果擺好後，媽媽燒了六炷香，三炷給小光，三炷給自己。媽媽告訴小光，一炷給殿裡的大佛，一炷給外面天上的眾神，　炷給旁邊小廟裡的土地公。

　　小光很虔誠地跟在媽媽旁邊祈拜著。媽媽告訴她，不只要為自己家裡的人求平安，也要為村子裡的人求，而且更要為我們住的世界祈求和平。

「媽媽，我們為什麼要幫那麼多人求啊？」小光問著。

「我們住的世界如果不平安，我們每個人，怎麼能夠有平安的日子過？」媽媽說著，「像是戰爭、天災，像海嘯、地震或是疾病，都在傷害這個世界的平安。所以，我們祈求神，保護我們住的世界永遠和平安康，大家才能有個平安健康的地方居住，每個人才能不擔憂，快樂的生活。」

「媽媽，我一定會求這個世界和平，請神保護我們每個人！」小光認真的說著。

參拜完後，媽媽帶小光到廟裡的花園，她們經過了另一個殿。小光看到很多的和尚師父，眼睛閉著，雙腳交叉，安安靜靜的坐在地上。

「媽媽，師父們在睡覺嗎？好安靜哦。」小光低聲地問著媽媽。

「師父們在打坐。」媽媽小聲地回答。

小光不解的看著媽媽。

「輕輕走，不要打擾到他們打坐。我們去花園。」媽媽小聲的說，且踮起腳尖走路。小光也跟著踮起腳尖走在媽媽後面，而且摒住了呼吸。

到了花園，小光大大的吐了一口氣。

「哈……終於可以呼吸了。」小光鬆了一口氣的說著。

媽媽在一旁笑著。

花園裡，有好幾棵粉紅色的櫻花樹盛開著。

「媽媽，那些粉紅色的花，好漂亮哦！」小光驚嘆著。

「那是櫻花樹，每年到春天，就會開滿櫻花。那也是另一個原因，我喜歡在這個時候來廟裡走走。」媽媽欣賞著美麗的櫻花說著。

「媽媽，我好喜歡這裡，好漂亮！而且好安靜哦！我好像都可以聽到自己呼吸的聲音。」小光邊說邊深深的吸氣、吐氣著。

站在粉紅色櫻花樹下的媽媽，閉著眼睛微笑說著：「我也很喜歡這種寧靜。」

小光看著，站在粉紅色櫻花樹下的媽媽，覺得今天的媽媽，特別不一樣，特別漂亮，好像花仙女一樣。

她走過來牽著媽媽的手說：「媽媽，您好漂亮哦！」

媽媽睜開眼睛，微笑的看著小光。「我女兒什麼時候，講話這麼甜了？」

「媽媽，是真的！」小光認真的說著。「我知道為什麼媽媽那麼喜歡這裡了。」她俏皮的看著媽媽。

「哦…為什麼呢？」媽媽也俏皮的問著。

「因為媽媽來這裡很快樂！」小光回答著。

媽媽摸著小光的小臉蛋，微笑的說著：「媽媽只要跟我們全家人在一起，我就很快樂了。」

小光會心一笑的點著頭，「嗯。」

這時幾隻蝴蝶飛了過來，小光伸出手要去抓蝴蝶，但牠們很快的飛開。她轉頭看著媽媽又興奮又著急的說：「媽媽，那裡好多蝴蝶！我去跟牠們玩。」說完她飛快的往蝴蝶追去。

　　「你們不要飛那麼快，慢一點！」小光邊叫邊追著蝴蝶。就在小光要抓停在花上的蝴蝶時，她注意到一隻棕色的野兔，站在花叢邊看著她。

　　「你好，小兔子！你來跟我玩嗎？」在小光說話時，小兔子馬上就跳走。「你不要跑啊！你要去哪裡啊？」小光跑在兔子後面叫著。

　　「小光，跑慢一點！小心跌倒哦！」媽媽囑咐著。

　　小兔子跳到一棵大樹後，就不見了。小光心想，這是愛莉絲夢遊仙境的故事嗎？那麼樹下一定有個洞。小光覺得很興奮，她彎著腰，低著頭，努力的找著，那個通往愛莉絲仙境的洞。突然她看到一雙大腳，小光抬頭一看，是廟裡的老師父。「師父好。」小光對著老和尚鞠躬說著。

　　「小妹妹，妳在找什麼？妳怎麼會一個人在山上呢？」老和尚微笑的問著。

　　「我跟媽媽一起來。」小光回答著。

　　「可是上山的路不是壞掉了，妳們怎麼上來的？」老和尚問著。

　　「哦，我們用爬的上來。」小光回答著。

　　「爬上來的？」老和尚驚訝著。「山壁雖不是很

高，可是很陡，妳不怕嗎？」他試探著。

小光摸摸頭，有些靦腆的笑著說：「是……是有點害怕。但是有媽媽在旁邊，還有樹公公的保護，我不怕了。」

「樹公公？」老和尚皺著眉頭，疑惑的看著小光。

媽媽這時走了過來，「師父好，好久不見！」媽媽滿面笑容的跟老和尚問好。「這是我小女兒——小光。」媽媽摸著小光的肩膀說著。

「好久不見了，玉環。很高興妳能帶小光來。」老和尚說著就摸了摸小光的頭。

「小光說，妳們沿著山壁爬上來的，真是不容易啊！」老和尚稱讚著。「妳們有這份真誠的心來參拜大佛，我相信佛祖一定會感應到的！」

「我們就都已經到了山腳下，而且小光一直也很想來廟裡，所以我們就爬上來了。」媽媽笑著說。

「小光，妳好勇敢！這麼小，就這麼有毅力，不怕辛苦。」老和尚豎起大拇指說著，就從他的腰帶上，解下一個小香包放在小光手裡。「來，這個香包送給妳。」

「哇，好香哦！」小光聞著香包說著。

「把它帶在身上，可以保平安。」老和尚微笑的說著。

「謝謝師父！」小光開心的點頭說著。

「師父，謝謝您這麼疼愛小光。」媽媽感謝著。

小光看著掛在媽媽腰間上，那個有些褪色的小香包說著：「媽媽，這個香包跟您身上的香包好像啊！」

「這也是師父在媽媽小的時候給媽媽的。」媽媽微笑說著。

老和尚笑著說：「這個香包只給有緣人哦！小光，妳要好好的保管著它哦。」

「我一定會好好珍惜它的。」小光很感激又開心的說著，就馬上把香包放在褲袋裡。這時幾隻蝴蝶飛到了她口袋旁邊，「你們也喜歡啊？是不是很香？」小光說著便伸手要去抓蝴蝶，但牠們快速的飛開。「哎……你們不要走啊！」小光邊叫邊追著飛開的蝴蝶。

「玉環，小光的毅力，比一般小朋友高很多。她是非常特別的小孩！」老和尚說著。

媽媽微笑的點著頭說：「謝謝師父的誇獎。」

「玉環，妳也是一個特別的小孩。」老和尚看著她的眼睛說著。

「師父，您……」媽媽有點訝異的看著他。

「師父都知道。」老和尚笑著。

「其實妳的外祖母帶妳來的時候，就告訴我了。那也是為什麼我要給妳香包了。」師父說著便舉起手跟在一旁和蝴蝶玩的小光揮著。

「師父，謝謝您的用心。只要我出門，我一直都帶著您給的香包。我一定會讓小光保管好的。」媽媽

感恩的說著。

　　「小光還有很長的路要走，妳就要多用心了！」
師父叮嚀著媽媽。

　　「我會的！」媽媽認真的說著。

第十四章
小光上學了

夏天

夏天一到，家裡就變得好熱鬧。爸爸的潛水隊只要週末一到，就來跟爸爸潛水。小光很期待看到她的帥叔叔！

吃完晚飯後，全家人及潛水隊的叔叔們，都在庭院乘涼。小光坐在帥叔叔的腿上，看著滿天的星星。

叔叔問她：「小光，有沒有很開心，就快要上學讀書了？」

小光微笑的點點頭。

「以後妳就可以講故事給叔叔聽了！」叔叔摸摸小光的頭。

「我一定會努力，學很多字。等叔叔下次來，唸很多書給叔叔聽。」小光很開心且有自信的說著。

「叔叔相信小光是最棒，最上進的學生！」叔叔帶著溫暖的笑容鼓勵著小光。

「小光一定會努力的！」小光認真的對叔叔說。

「起立，立正，敬禮。」班長說著。

「老師早！」同學們一起說著。

小光開始她上學的日子。每一個科目都很有趣。小光喜歡上學，可以學很多新東西及知識。她最喜歡音樂課，因為唱歌是小光的最愛。從小光有記憶開始，她就會對著小鳥、蝴蝶、小花、大樹、大海唱歌。晚上，她會對著月婆婆唱歌，告訴月婆婆，小光很想她，也很愛她。

　　有時小光覺得上課很無聊，因為她已經在家把書都讀完了。所以有時在上課時，她會望著天空的小鳥，看著牠們飛啊飛。她幻想著，自己當小鳥，在天空自由自在的飛著。好快樂！要去哪玩就去哪玩。

　　突然間，一枝粉筆，飛到小光的頭上。

　　「小光，妳不注意聽課，看著窗外，發什麼呆！」老師的話，把正在天上飛的小光抓回來了。小光看著老師，不好意思的微笑著。

　　小光很期待今天的課，因為他們要去海邊上自然課。小光雖然是在海邊長大，但是這是小光第一次，到戶外上課。老師說，今天不用帶課本。

　　老師叫大家找一個舒服的地方坐下來，可以不穿鞋子。只見大家一一地把鞋子脫下，一個個的坐在石頭上。

　　「大家坐好後，雙腳交叉，這叫盤腿。」老師邊說，邊雙腳交叉示範著。

　　「現在眼睛閉起來。」老師指導著。

　　每一個人閉上了眼睛。

　　「告訴我，你們聽到什麼？」老師問著。

大家你一句，我一句的：「海浪聲。」「小鳥叫聲。」「路上的車聲。」「還有大家的講話聲。」「哈！哈！哈！」大家大笑著。

　　「大家專心點。」老師說著。「現在，你們只要聽海浪聲、小鳥聲。不要聽其他的聲音。」

　　突然間，大家變得好安靜。世界好像就只剩下海浪聲、小鳥聲，還有車聲。

　　小光試著照老師的話作，但仍舊聽到車聲。

　　「再專心一點，去聽海的聲音。」老師指示著。

　　小光聽到海拍打著岸邊的聲音。「好大聲哦！其他的聲音變小了。」小光心想。

　　「好的，現在去找小鳥的聲音。」老師輕聲的說。

　　「小鳥，小鳥，在哪裡啊？」小光努力聽著。

　　「聽到了嗎？牠們就在你的旁邊，仔細聽！」老師指引著大家，去聽小鳥的聲音。

　　「有，我聽到了。」小光好開心，因為她聽到小鳥的聲音了。

　　「現在，專心聽小鳥的叫聲，聽牠到哪裡去了？」老師指引著大家。「是不是到樹上了？有沒有聽到，風吹到樹葉的聲音？」

　　「有！有！我有聽到。」小光興奮的在心裡應著。

　　「專心聽著風的聲音。輕輕地吸氣，輕輕地吐氣。放鬆你的身體。」老師說著。

小光聽著風吹的聲音。這讓她想起，躺在樹幹上，讓風吹過她臉龐的感覺，好舒服哦！周圍一切忽然變得好平靜。好像這世界就只剩下小光和風徐徐吹得聲音。輕輕的咻——咻——咻——

「慢慢的吸氣，吐氣。放鬆你的臉，脖子，肩膀，背。你的臀部，腿，腳，腳趾頭。讓你的身體變得柔軟。」老師輕輕慢慢的說著。

「慢慢的，把注意力，回到吸氣和吐氣，聽著你自己呼吸的聲音。吸……吐……，吸……吐……，吸……吐……，吸……吐……」老師慢慢的指引著。

「很好。現在我數到五，你們吸一口長的氣，然後吐氣發出『唉』的聲音。」老師說著，「1、2、3、4、5，吸氣……好，吐氣，唉……。」

「唉……」大家一起發出聲音。

「慢慢地睜開眼睛，正常的呼吸。」老師說著。

大家安靜的睜開眼睛，面帶微笑著。大家妳看著我，我看著你，好像去了一個神奇的地方一樣。

「好舒服哦！」小光心裡想。

「各位同學，你們剛剛所經驗的，叫做冥想。在佛家說打坐。喜歡嗎？」老師微笑的問著大家。

有些人點點頭，有些人偷笑著。

「多做幾次，可以幫助你們讀書能更專心哦。」老師鼓勵著大家。

小光覺得，這真是一個好特別的課。她覺得整個人好舒服，好輕。好像她在夢裡飛的時候，那種輕飄

飄的感覺，而且頭腦又特別的清楚。小光好喜歡，她決定以後要常常練習冥想。

　　每到午餐時間，小光和村子裡的小朋友都會回家吃午飯，還可以順便看電視播的布袋戲。小光的家就在學校的旁邊，走路三分鐘就到了。所以吃完午飯後，小光會和一些學校的鄰居同學，到隔壁鄰居阿梅阿姨家，一起看布袋戲的節目。夏天的時候，阿梅阿姨會做冰棒，她是一個很會賺錢的人，每枝冰棒她會賣兩塊錢。她很喜歡小光，所以她常會跟小光說：「妳長大後，當我兒子的媳婦，這枝冰棒，就不用錢！」

　　小光害羞地看著她。很想吃，可是又想到，爸爸賺錢很辛苦，小光不想花錢。可是看到冰棒的她，口水都快流出來了。所以雖然心裡很不願意，她還是跟阿梅阿姨說：「好。」

第十五章
小光爬樹去

　　阿梅阿姨對小光很好，她常常拿一些糖果餅乾給小光，所以，小光喜歡到阿姨家玩，尤其是去爬她家庭院前的那棵百年大樹。

　　那棵大樹，就好像是一個大房子。站在樹下，茂密的樹葉，可以擋風也可以遮雨，而風輕輕的吹過樹葉時，陽光照得樹葉發亮著。這畫面，很像童話書裡的場景。而小光，則會幻想自己是樹林中的小精靈。她會爬到樹上，站在樹幹上。當風吹過她的身旁，小光舉起雙手，假裝在飛的樣子。雖然她有些害怕，但是這很像她飛到天上去找月婆婆的感覺，非常的自由自在。她也希望，自己跟童話書中的精靈一樣有魔法，可以去幫助人。

　　「大樹爺爺，您今天好嗎？」站在大樹下的小光問著。她看著金黃色的陽光，若隱若現的，從茂密的綠葉中灑進來。

　　「今天好熱，我帶水來給您喝。」小光把帶來的水倒在大樹幹上。她微笑的伸手摸了摸樹幹。

　　「大樹爺爺，我等一下要爬上去，您要保護我不會掉下來，好嗎？」小光求著。

　　只見風吹著樹枝和樹葉搖晃著，好似在回答小光一樣。小光爬到第一株，離地面最近的樹幹，然後整個人倒吊，把雙腳掛在樹幹上，頭向著地面，前後搖

晃著。這樣她就可以感覺，在空中飛的感覺。她很緊張，又興奮地搖著。但是，腳一會兒就痠了。於是，她接連好幾天，都趁沒有人看到的時候，偷偷跑來練習。幾天的練習後，她也愈來愈不怕了。今天，小光決定表演給小宇和小天看。

他們到了大樹下。小光很快的爬到第一個離地比較近的分樹幹。然後把整個人倒吊，雙腳掛在樹幹上，頭向著地面，雙手握在胸前，前後搖晃著。

「小光，妳是不是很喜歡當猴子？」小天笑著。

「沒有啊！」倒吊的小光說著，嘟著嘴看著小天。

「沒有？妳這樣跟猴子有什麼差別。」小天逗著小光。

「我可以，你可以嗎？」小光不服氣地說著，然後晃的更高了。

「我當然可以啊！但是，我好男不跟女鬥。」小天驕傲地說著。

「邵小光！妳在幹嘛？這樣很危險！」小宇擔心的叫著。

「我沒事啦！很好玩！哥哥，你一起來玩嗎！」小光很自信的邊晃邊說著。

「妳真的以為自己很厲害？我看不摔一次，妳是不會停的。」小天說著。

「你就是妒忌我啦！我才不會！」就在小光說話的時候，樹幹啪的一聲裂開。小光整個頭跟身體，往

下栽在草皮上。

「啊！」小光叫了一聲。

一旁的小宇、小天嚇了一大跳的看著跌下來的小光。

「小光，妳沒事吧？」小宇緊張的過去扶了小光問著，也檢查了一下她的頭。「還好，沒有什麼外傷。」小宇鬆了一口氣說著。

「就說，妳就愛逞強。」小天說著，也走到小光身邊。

小光坐在地上，沒有說話的看著他們。

「小光，妳還好嗎？妳該不會有腦震盪吧？」小宇擔心的看著小光。

「我看她是摔傻了。」小天說著。

「你才傻啦！」小光邊站了起來，邊假裝沒事的說著，但心裡覺得非常的丟臉。雖然頭有些痛，可是又裝做一副沒事的樣子。然後她對著小宇說：「哥哥，我沒事，我先回去了。」一說完就馬上跑走了。

小宇看著小天。

「她就是愛逞強。」小天有點擔心的說著。

「要不是你激她，她也不會搖得那麼大力。」小宇瞪著小天說著。

「她自己愛玩，關我什麼事。」小天攤著雙手說著。

「她最好沒事，要不然你給我試試看！」小宇瞪大眼睛對著小天說著。

小天也不甘示弱的說著：「我是招誰惹誰了？要不然，你們以後不要來爬我家的樹啦！」

　　「不要來就不來！誰稀罕？」小宇說完，瞪了小天一眼就走了。

　　「莫名其妙！兩個都有病啦！」小天生氣的邊說邊走回家。

　　小光手抓著頭，坐在客廳的木製沙發上。雖然頭還痛著，但讓她更難過的是自己隨便說大話。

　　「怎樣？很痛哦？還假裝不痛。」小宇走進來說著，便拉起了小光的手，把手中的一個止痛的藥膏放在她手裡，「快擦上，等一下就比較好了。」小宇關愛的看著她。

　　「哥哥，謝謝。」小光說著便拿著藥膏擦著。「哥哥，剛剛好丟臉。」小光不好意思的摸著脖子說著。

　　「還好是丟臉，不是丟性命。」小宇搖著頭，「為甚麼要那麼逞強？」他有些生氣的問著。

　　「我已經練習好幾次了，都沒有問題。」小光不好意思的說著。

　　「什麼？妳自己去吊單槓，好幾次了？」小宇有點訝異的說著，「妳是真的想當猴子哦？」

　　「不是猴子，是小鳥！」小光不好意思的笑著說。

「小鳥？有小鳥這樣倒吊的飛嗎？」小宇逗著她。

「我只是要感覺一下飛的感覺。」小光說著，然後閉起眼睛，「那樣輕輕的，自由自在的在天空飛著。」她邊說邊微笑著。

「有輕輕的嗎？我看是很重吧！我沒有想到妳的腳那麼有力，可是奇怪，為什麼總是跑輸人！」小宇頑皮的逗著小光。

「我也不知道啊！我也是最近才學會的。」小光聳聳肩，「你真的覺得我很厲害？」她挑動著眉毛頑皮的問著。

「對啊，那雙腿都把樹幹折斷了，真厲害！」小宇邊點頭邊笑著。

「啊！對哦！我傷害了大樹爺爺。」小光感到很抱歉的說著。「我等一下去跟他道歉。」

「妳不要再去他的樹上當小鳥飛，我想他就會原諒妳。」小宇說著。

「也對！爸爸說，我們不應該為了要得到一件東西，而去傷害別人。」小光點著頭，然後認真的說著：「我以後不會再去倒吊了。」

「還好，我很高興妳的頭沒有撞壞。還懂的明辨是非。」小宇逗著小光。

「哥哥，你就是愛取笑我。」小光嘟著嘴，不好意思的說著。

第十六章
小鳥受傷了

　　小宇的爸爸是從外地來的，在小光眼裡，他是一個很會煮菜，又笑容滿面的叔叔。在漁村，大家煮的菜都差不多口味，有很多的魚和菜。而肉類就只有等到逢年過節才有，更不用說麵包甜點之類的食物，就只有爸爸媽媽去鄰近的城鎮，才會買回來，所以小光一年吃不到幾次。而小宇的爸爸做的麵食、水餃還有甜點，都是小光非常喜愛的。爸爸有時會給小宇他們自己抓的新鮮的魚，而小宇的爸爸就會回送他自己做的麵食。

　　「爸爸，好好吃哦！」小光邊吃著麵疙瘩，邊露出滿足的表情說著。

　　「那麼好吃啊？」爸爸笑的問著。

　　「是啊！好好吃。」小光開心的邊吃邊說著。「爸爸，您跟媽媽，可不可以也煮這個好吃的麵疙瘩給我吃啊？」

　　「真的那麼好吃？」爸爸說著也吃了一口，「真的很有嚼勁，很好吃。好，爸爸去跟隔壁叔叔學，煮給小光吃。」爸爸說著。

　　「太好了！我就不用等他們送我們了。」小光高

興的跳了起來說著。

爸爸搖頭笑著，「那妳等下吃完把碗洗乾淨，連這條魚，一起拿去給鄰居叔叔。」爸爸說著便把魚裝在袋子裡，放在小光旁。

「好的，爸爸！」小光說。

鄰居哥哥小宇的家，就在小光家旁邊不遠處，走路不到五分鐘的路程。小光在去小宇家的路上，看到小宇拿著彈弓在射小鳥。

「哥哥，你不要射小鳥！你會傷害到他們的！」小光不開心的說著。

「我只是在玩，沒有真的射小鳥，我是在射葉子。」小宇解釋著。

「真的？」小光用懷疑的眼光看著他。

「真的啊！」小宇認真的說著，「妳要不要試試？」

「我不想。」小光搖頭說著。

「我可以教妳，妳看！」小宇說著便從口袋拿出一顆小石子，右手抓著彈弓的木頭手把，用左手的拇指按住在前面的橡皮帶上的石頭。一眼閉著，一眼開著，開著的那眼，瞄準要射擊的東西。只見他用力的把橡皮帶往後拉，一直拉到最長、最遠處，然後放開左手的拇指，那橡皮帶上的石頭就飛得好遠。

「哇！哥哥，你好屬害哦！」小光驚嘆著。

「想不想玩？」小宇笑著問。

突然有隻野貓，跑到小光旁邊，喵喵的叫。

小光想起她手上的魚。

「我現在不行。我要先把魚還有這個碗，拿到你家。」小光說著。

「好，那我等妳哦。」小宇說。

「嗯！」小光說著，便快步走到小宇的家。把魚和碗拿給小宇的媽媽後，她便又快步地跑去找小宇。但是，當她一回到剛才見面的路上，小宇卻不在哪裡。

「臭男生！愛騙人！」小光邊說邊有些生氣地往田邊的路上走去。走著，走著，小光遇見了小宇的同學——阿城。他跟外向好動的小宇不一樣，他很喜歡念書，學校功課也非常好。可是從小就有輕微小兒麻痺的他，一隻腳比另一隻腳小，也短了一點。因此他的一隻鞋子總是比較高。穿這雙鞋，他就可以像一般人正常的走路，但是就不能跑。而小宇，老是往外跑，上山下海的玩，讀書就是應付一下，可以過關就好了。

「小光，妳從小宇家過來嗎？」阿城問著。

「對啊！」小光回著。

「那妳有看到他嗎？」阿城問著。

「有啊，但是他現在不在家。」小光有點無奈的說著。

「你找他幹嘛？」小光好奇地問著。小光心想，他不可能跟小宇上山下海的。

「沒什麼事，就是小鳥的事。」阿城說著。

小光想起，小宇玩彈弓的事。「你們一起玩彈弓，射小鳥，對不對？」她問著。

「對啊，我們一起玩彈弓，所有男生都玩啊！」阿城說著。

「你們真的射小鳥哦？」小光緊張的問著。

「沒有啊。我不跟妳說了，我要趕快去找小宇。」阿城邊說，邊快步的走向海邊。

「你們這些臭男生，好壞！怎麼可以傷害小鳥，我也要去找哥哥。」小光生氣地，自言自語說著，也往海邊走去。

小光悄悄的，跟在小宇和阿城的後面到了阿城家，看到阿城從一個籠子裡，拿出一隻躺著不動的小鳥。

「你們真的很壞！」小光緊張的衝進來，看著阿城手上的小鳥，罵著他們。「你們把牠弄死了，對不對？我就知道，什麼玩彈弓，你們就是去射小鳥！」

「牠沒死，牠在睡覺！」阿城翻著白眼看著小光。「妳看妳，那麼大聲，把牠吵醒了。」此時小鳥翻動著，張開了眼睛。

小光看到小鳥包紮著的腳。

「那，那你們說，牠怎麼受傷的？」小光堅持的

問著。

小宇無奈地看著小光。「邵小光，妳可不可以，不要搞不清楚狀況就亂罵人。」

「我……我有說錯嗎？」小光為自己辯護著。

「我剛才在路上，已經跟妳說過，我沒有射小鳥，妳還是不相信我。」小宇有點生氣的說。

「這隻小鳥是我們在玩彈弓的時候……」阿城說著卻被小光打斷。

「我就說你們玩彈弓，你……」小光理直氣壯的說。

「嘿！嘿！妳可以讓阿城把話說完嗎？」小宇打斷小光的話說著。

阿城翻了個白眼，繼續說：「小鳥是我們在玩彈弓的時候撿到的。牠的腳受傷不能飛，我們怕牠被野貓吃了，就把牠帶回我家包紮傷口，等牠好了，就讓牠回家。」

「真的嗎？不是你們弄傷牠的？」小光還是有點懷疑的問著。

「小光你頭殼壞掉了？如果我們要傷害牠，幹嘛還把牠帶回家醫治呢？用妳很會讀書得頭腦，想一想！」小宇有點生氣的說。

小光心想，也是。那她錯怪了他們。小光有點不好意思的說：「那……對不起啦，對不起。」

「真的不懂，妳為什麼學校考試可以考一百分？」小宇搖搖頭的說。

阿城又對小光翻了個白眼。

「哥哥，我可以摸摸牠嗎？」小光真誠地問著。

小宇看著阿城，「阿城，你說可以嗎？」

阿城看著小光說：「可以啊，那你要賠我們精神損失。」

「什麼精神損失？」小光不懂地問著。

「妳這樣污衊我們的人格，我們是正人君子，才不會去傷害可愛的小動物。」阿城說著輕輕的摸著小鳥。

「那我要怎麼賠？我又沒有錢。」小光沮喪的說著。

「我現在想不出來，那麼妳就欠我們一次。」阿城調皮的說。

「那我可以摸牠了嗎？」小光問著。

「好吧，但小心點啊！」阿城說著，就把小鳥放在小光手裡。

自從小光第一次看到小鳥在天上飛的時候，她也希望自己能有一雙充滿著美麗羽毛的翅膀。這是她第一次摸到小鳥柔軟的羽毛，好像棉花一樣的舒服。

「小鳥，小鳥，你還痛不痛？」小光輕聲的問著。

「好了，讓牠休息。我們去找蟲子給牠吃。」小宇說。

怕蟲子的小光，露出一臉緊張的樣子。

「妳不用去，妳先回家。」小宇說。

「那，我明天可以再來看牠嗎？」小光很期待的問著。

小宇看了阿城一下，然後對小光點點頭。

「謝謝哥哥！你以後說的話，我一定都相信。」小光感激的說著。

「最好是啦！」小宇手插胸前無奈的笑著說。

接下來的一星期，小光每天到阿城家看小鳥。小宇和阿城輪流抓蟲子餵小鳥以及換包紮。小鳥慢慢康復了，腳也可以站起來走路了。這一天，小宇、小光和阿城，一起把小鳥帶到樹林邊。

「我們要跟小鳥說再見了！」小宇說著便抓出籠子裡的小鳥。只見小鳥拍著翅膀，很快就飛起來，但很快又飛下來，停在他們身邊。

「哥哥，牠真的好了嗎？」小光擔心的問著。

「沒事，牠只要多飛幾次就好了！」小宇點著頭說。

小宇抓起了小鳥，「再試試，你可以的。」他說著，就輕輕的把小鳥往空中拋去。

飛了幾次後，小鳥終於飛起來了。

「好棒哦！牠好了！」小光興奮地跳著說。

只見阿城眼眶紅紅的說：「再見了，小鳥！」

小光走到阿城身邊，踮起腳尖，抱著他的肩膀。

「我也好希望，有一天，我的腳可以跟小鳥一樣好起來。」阿城看著天空的小鳥說著。

小光這時眼眶也紅著說：「會的，阿城，你會好的！以後會有很好的藥，可以醫好你的腳的。」

　　小宇看著眼眶紅紅的小光跟阿城。「你們那麼捨不得牠離開，那我再去把牠射下來好了。」小宇假裝拿起彈弓要射小鳥。

　　「你敢！」小光一臉的緊張叫著，便馬上跑過去，拿走小宇手上的彈弓。

　　「他騙妳的，小光。」阿城笑著。

　　一旁的小宇，看著緊張的小光，也笑起來了。「妳就是那麼好騙。」小宇說著。

　　「哥哥！」小光跺著腳說著，自己也笑了起來。

　　經過了救小鳥的事件後，小光跟阿城變成好朋友了，而小光也更喜歡小宇了。

第十七章
小光偷錢了？

　　小光在學校，非常聽老師的話，而且考試常常得滿分。當老師在課堂上問大家問題時，小光總是第一個舉手，很踴躍的回答老師的問題。這樣的舉動，有時讓其他一些小朋友不喜歡小光，他們覺得小光愛現，愛出風頭。

　　有一天，老師放在桌上的錢不見了。「你們有誰知道老師的錢去哪嗎？」老師問著坐在教室裡的大家。

　　大家你看我，我看你，都搖頭說不知道。突然，有個比小光大一歲的小朋友站起來說：「老師，當我們休息都在教室外面玩的時候，我看到小光在老師的桌子前面走來走去。」

　　這時大家一起轉頭看著小光。你一句，我一句的說：「一定是她偷的。」「對啊！要不然她一個人在教室幹什麼？」

　　看著大家懷疑的表情，小光急得臉都紅了。「我沒有，我沒有，老師！」她緊張的快哭出來的說著。

　　「小光，妳告訴老師，為什麼妳沒有跟其他同學在外面玩？妳留在教室做什麼？」老師溫柔地問著。

　　「我……我……」小光支支吾吾的。

　　「就是她偷的，要不然幹嘛臉那麼紅？那麼緊張，還講不出話來？」一位比小光大一點的女孩站起

來，不客氣的說著。

「你們大家安靜。」老師說著。

「小光，妳不要怕。只要妳老實說，老師也會原諒妳的。」老師耐心的說著。

「老師，我沒有偷您的錢。」這時的小光眼睛泛著淚光，很委屈的說著。

「我在彈風琴，對不起，我知道老師說，要問過老師才可以彈。」小光頭低低的說著，淚珠從她的小臉頰滾了下來。

老師走到小光旁邊，摸摸她的肩膀。「好了，不要難過了。」老師安慰著小光。

「老師，您要相信我，我沒有偷您的錢。」小光很認真的說著。

「好了，不哭了。」老師擦著小光臉上的眼淚。

「裝什麼可憐！」「要博得老師的同情！」幾個同學低聲地說著。

「老師，我有看到小光在彈琴，我可以證明。」一位中年級的男生站起來說話，他是小光最喜歡的鄰居哥哥——小宇。

「好的，謝謝你。」老師跟小宇點頭說著，然後她看著大家，「各位同學，以後沒有足夠的證據，不可以輕易的去舉發人，知道嗎？」老師嚴肅的說著。

小光鬆了一口氣。

「但是，小光，老師還是要罰妳。」老師對著小光說著。

小光張大了眼，緊張的看著老師。

　　「因為妳沒有經過老師的同意，擅自使用風琴，老師罰妳彈琴給大家聽。」老師說著。

　　「可是，我……我……還不太會彈。」小光不好意思的說著。

　　「那麼老師就罰妳放學後，留在教室練習彈琴30分鐘才可以回家，我會跟妳的爸媽說。」老師假裝嚴肅的說著。

　　「真的嗎？老師，我可以練琴？」小光開心地問著。

　　「不要忘記了，妳必須要儘快練好一首曲子表演哦！」老師微笑的說。

　　「我會努力的！」小光感謝的說。

　　「甚麼懲罰嘛！」「老師對小光最好，最偏心了。」兩個小女生撇著嘴喃喃自語著。

　　「妳們兩個有什麼問題嗎？可以直接問老師。」老師問著兩個小女生。

　　「我……我們沒有問題。」「沒有，沒有問題，老師。」兩個小女生緊張的說著。

　　放學的時候，小光走到小宇旁邊，輕聲的說著：「謝謝你今天幫我，哥哥。」

　　「妳讀書很厲害，可是這個時候，就變成一個小笨蛋。別人幾句話，就把妳嚇哭了。」小宇取笑著小光。

130　　「我……我就是緊張嘛！」小光不太開心的說。

「緊張什麼？沒有拿錢，就說沒有！怕他們什麼啊！」小宇一邊很大聲的說著，一邊張大眼瞪著，在教室裡誣賴小光的同學，從他們身旁走過。

「哥哥，我知道了，以後我會勇敢的。」小光很自信的說著。

「這才對！要不然妳又是全校最小的，我可是不會一直在妳旁邊幫妳的。」小宇摸著小光的頭說著。

「幫我？什麼意思？」小光問著。

「妳真的以為，我看到妳在教室彈琴哦？」小宇笑著。

「所以，你沒有看到我？」小光驚訝地看著小宇。

「對啊！」小宇說著。

「那你為什麼要說有？」小光疑惑的問著。

「因為妳沒有那個膽量敢去偷錢。」小宇摸著小光的鼻子笑著。

「什麼沒有膽量？」小光不甘示弱地說著。

「難道，妳敢？」小宇調皮地問著。

「我才不會去呢，那是小偷的行為。」小光認真的說著。

「我就說嘛，所以，如果我不趕快站出來，有人就要哭死了！」小宇逗著她。

「你真的很壞，老是喜歡取笑我！」小光邊說邊打著小宇的手臂。

　　自從小光可以玩群體遊戲開始，比如賽跑、跳繩等，小宇就會幫她。因為村裡的男生比較多，所以很多時候分組時，大家都先挑比較會跑和會跳的人。在村裡，男生們很喜歡玩賽跑，或是到海邊跳石頭。海邊有一個區域充滿了大石頭，所以跳石頭，幾乎是每一個在這邊長大的小孩，必玩的遊戲。但是有些石頭跟石頭的距離，會比較大一點，所以年紀較小，像小光這樣的，就沒有辦法跳得跟大小孩一樣快。

　　而且有時在賽跑的時候，大家會脫掉鞋子，赤腳跑步比賽，因為他們覺得赤腳可以跑得比較快。而小光沒有辦法赤腳跑步，她不懂，為什麼他們赤腳跑步，都不會跟她一樣會痛。所以在比賽的時候，她常常是跟在最後面，也就因此，在分組的時候，最後一個沒被選到的總是最小的小光。而小宇就會說：「她就跟我同一組。」從此之後，小光就喜歡跟在小宇旁邊玩遊戲了，因為小宇都會保護她。

第十八章
海嘯來了

　　爸爸因為在治療頭痛，所以決定就在家附近潛水捕魚，不去遠洋了。小光很開心，這樣她就可以天天見到爸爸了。

　　有時中午當媽媽在忙，小光就會幫她拿便當到海岸邊，在爸爸潛水經過的地方等他來。以前姊姊也拿過便當到海岸邊給爸爸。姊姊說，爸爸好會潛水，好會游泳。爸爸希望他的小孩，能夠不用跟他一樣靠潛水捕魚，在這麼辛苦危險的環境下工作維生。所以他要每一個小孩，上學念書，學一技之長。因此他也就沒有教他的小孩如何去潛水捕魚了。

　　小光站在岸邊最高的地方，因為怕爸爸看不到她小小的身軀。就如媽媽說的，爸爸準時的游到小光站的附近。爸爸浮出了水面，向小光揮手著。

　　「爸爸，爸爸！」小光也努力地揮著手。

　　爸爸快速游過來，上了岸。

　　「小光妳看，爸爸今天抓了很多的魚及九孔。」爸爸開心的邊說，邊拿起繫在他腰際的魚網袋給小光看。

　　「爸爸，您好棒哦！」小光開心的說著，就把便當交給了爸爸，「爸爸，您的便當！」

爸爸微笑的拿起了便當，「謝謝妳。」看著臉頰有些發紅的小光，他關愛的問著：「小光，熱不熱？妳吃飯了嗎？」

　　「我不熱，我吃飽了。」小光搖著頭笑著。

　　小光雖然感到有點熱，但比起辛苦的爸爸，在這麼炎熱的太陽下潛水抓魚那麼久，小光不怕熱。她陪著爸爸，很快地吃完了便當。

　　爸爸把身上裝滿海鮮的魚網袋，連同空的便當盒一起交給小光。「有一點重，妳可以拿得回去嗎？」他問著。

　　「沒有問題！」小光自信的說著，然後雙手用力地拿起了爸爸手中的海鮮和便當盒。

　　「小光真的長大了，可以幫爸爸了！」爸爸驕傲的說著。

　　小光開心的點頭笑著。

　　「那爸爸再去抓更多的魚了，我先走了。」爸爸微笑的說後，便又下水了。

　　小光看著在水中的爸爸，雙手直直地往前伸去，雙腳有時上下輕輕的踢著。他迅速的往前方游去，好像一條輕盈的魚，不費力且平靜地游著。

　　爸爸可以在水中游很久，不用像其他人一樣一直起來換氣。小光覺得爸爸一定是海裡來的王子，因為他好厲害！

　　◆　　　◆　　　◆

金黃色的月光，透過窗戶，灑在小光熟睡的小臉上。

「小光，小光，起來了！」一個老婆婆的聲音叫著小光。

小光慢慢地睜開雙眼，隨著聲音往窗外看去。高掛在夜空裡，那輪又大又圓的金黃色月亮上，一個老婆婆的臉正對著她微笑著。

「月婆婆！您來了！我就知道您不會忘記我的。我今天一直在等您！」小光開心的說著。

小光很快的起床，跑到庭院外。今晚是農曆八月十四日，也是每年月婆婆來探望小光的日子。今晚，月婆婆就在芭樂樹爺爺的旁邊。他們兩個一起對小光微笑著。

「小光長高了，頭髮也比較長了！」月婆婆說著。

「小光這陣子幫了我很多哦！」芭樂樹爺爺跟月婆婆說著。

「去年幾個月沒下雨，我都快枯死了。還好，小光都有分水給我喝。」芭樂樹爺爺微笑說著，「要不然，月婆，妳這次可能就看不到我了。」芭樂樹爺爺搖著頭。

「小光，這麼棒，已經懂得分享和幫助別人了。婆婆太開心了。」月婆婆開心的說著。

「芭樂樹爺爺去年真的生病了，葉子都掉光光，而且樹幹都枯了。我好擔心，我在想，爺爺一定是快

渴死了，所以就天天拿水給他喝。」小光邊說，雙手邊握著芭樂樹爺爺的樹枝手臂。「還好爺爺沒事了！」小光把頭靠著爺爺的樹枝手臂，微笑著。

月婆婆微笑著，「很好！很好！那這一年過得如何啊？喜歡上學嗎？」

「喜歡……」小光說著便把她學校的生活，講給月婆婆及芭樂樹爺爺聽。

「所以妳喜歡冥想？」月婆婆問著。

「嗯！我很喜歡。」小光點著頭，「在冥想時，我覺得我的心變得很安靜，很舒服。人也好像變輕了，好像在飛一樣！」小光閉著眼睛，想著冥想時的感覺說著。

「想不想上來玩啊？」月婆婆問著。

小光張開眼睛，開心的舉起雙手叫著：「我想！我想！」

這時芭樂樹爺爺的樹枝手，向小光伸去，把她高高地舉起。小光從祂的手上輕輕一跳，便往月婆婆的方向飛去。小光好輕、好自在的跟著月婆婆的那道金黃色月光，飛過整個村子、山邊、田邊。小光想起了拔花草藥的那天，但是現在是晚上，所有的景色都變的不一樣了。小光繼續跟著月婆婆的金黃色月光，飛到了仍有一些漁船在黑夜裡捕魚的海面上。這些漁船的燈，把黑黑的海點亮了。好像閃閃發光的螢火蟲一樣，好漂亮。月婆婆讓小光停在海岸邊。

「小光，婆婆有重要的事要告訴妳。妳一定要記

住，這是非常非常的重要！」月婆婆嚴肅的說著。

　　小光第一次見到月婆婆，那麼嚴肅的樣子。「我知道，我一定不會忘記得。」小光認真的說著。

　　「下個月，也差不多在這個時間，如果妳看到很多動物往山裡跑，妳一定要叫村裡的每一個人，趕快往山裡去，直到海水平靜，才可以回到村子。」月婆婆說著，便給小光看到一個海水往海裡退，岸邊的水都不見了的景像。然後，海浪好大，好高，往岸上的村裡打進來。

　　「啊！啊！啊！好可怕！快跑啊！」小光叫著。

　　「小光，小光，做惡夢了？」媽媽邊說邊輕輕的搖醒了小光。

　　「媽媽，有好大的海浪要來打我們的村子。我們要趕快上山去。快點！快點！」小光坐了起來，拉著媽媽的手，緊張的要往外跑去。

　　媽媽抱住了受到驚嚇的小光，安慰著：「小光，沒事，妳只是在做夢，沒事。」

　　「媽媽，我不騙您，是月婆婆跟我說的！她說叫我不能忘記，下個月如果有很多動物往山上跑，我們大家也要趕快往山裡去。因為海浪好大，好大！」小光眼睛泛著淚水說著。突然間，屋子輕微的震了一下。

「媽媽，地震了！」這次真的就把小光嚇哭了。

媽媽抱緊了小光，「不怕，不怕，媽媽在。」

「爸爸呢？爸爸在哪裡？他不可以去海邊捕魚，太危險了！」小光慌張的問著，「媽媽，我們搬去城市住吧，這樣比較安全。」小光啜泣的說著。

「沒事，沒事，爸爸還在睡覺。」媽媽輕輕拍著小光的背安慰著。「等天亮了，媽媽再去查一查，看是不是有颱風要來。」

「媽媽，那個海浪好大！但是，不是颱風，也沒有下雨。」小光很努力地解釋著她夢裡所看到的。

「媽媽知道了，妳不要擔心，媽媽會跟爸爸說，我們會去查一下，這樣好嗎？」媽媽抱著哭累的小光安慰著。

「妳再休息一下，要不然，等一下上課沒有精神哦！」媽媽關愛的說著。

「嗯。」小光閉上了眼睛，不一會就在媽媽懷裡睡著了。

媽媽把小光的夢告訴了爸爸。

「我覺得不管如何，一定要想辦法警告村子裡的人。」媽媽說著。

「告訴他們小光的夢，他們會相信嗎？」爸爸皺著眉頭說著。

「我想他們會的。上次也是月婆找水給大家的。」媽媽相信的說著。

「好，既然妳這麼說，我相信妳。我們等等就去找村長。」爸爸說著。

阿振、玉環來到村長辦公室，他們把小光的夢，一五一十的告訴村長。

「這是一件，可大可小的事。」村長猶豫著。「如果我們不相信，當作是小孩子的惡夢，萬一真的發生了，那麼不就是會害很多人的生命不保了？如果，我們相信，而什麼都沒有發生，那我就是一個笑話了。」他嘆了口氣，看著臉色沉重的他們問著：「好吧，那你們覺得怎麼處理最好？」

「我們可以跟大家說，最近常常地震，擔心有更大的地震會來。我們祖先也有說過，如果有很多的動物一起出現，往同一個方向跑去，一定是有大事要發生了。」阿振建議著。

「所以呢？」村長皺著額頭。

「所以要通知大家，這一個月要注意，自己養的家禽狀況，還有海的變化。如果看到海岸邊的水退的很遠，大家就要通知大家往山裡跑。」玉環說著。

「我相信月婆，一定是要透過小光來告訴我們什麼的。」村長說著。皺著眉，神情凝重的他，深吸一

了一口氣後說：「好的，我寧願被當笑話看，也不可以拿全村的人命開玩笑，我等等就去通知大家。」

　　這一個月裡，整個村裡的人，都戰戰兢兢的，也有人覺得這是無稽之談，但是大部分的人，都相信小光的夢。晚上有月亮出來的時候，很多人就會站在月下，請求月婆婆保祐大家安全。也因為如此，很多人都很少出海捕魚了。一個月快過去了，除了發生過幾次的地震，海面上也沒有什麼動靜，所以村裡的人，也準備回海裡捕魚。

　　「我想，應該沒事了。」阿振說。

　　「可是，離滿一個月還有幾天。」玉環有些不安說著。

　　阿振看了外面，風和日麗的。「我們家都沒有魚可以吃，而且也要繳一些費用。」阿振說。

　　「你不會是要下海去捕魚吧？」玉環有點生氣的看著他，「你不可以去！要去，也要等到滿月後。」她堅持著。

　　看著擔心的玉環，阿振伸出手抱住了她的肩膀，微笑的說：「好！好！我不下水，可以了吧？」

　　「記住你講的話！」玉環說著。

　　「我一定記住的。」阿振溫柔地說著。

媽媽注意到籠子裡的雞鴨，這兩天很躁動，也一直叫不停。她問了鄰居們，是否他們的家禽也有同樣的情形。他們都說有，而且很多的蚯蚓也一直鑽出地面。媽媽想，一定是有什麼事情要發生了。她告訴村子裡的人，要更加小心。在傍晚的時候，看不到日落的顏色，因為紅色的大太陽，把整個天空都染紅了。好像火燒了天空，非常的詭異，而且空氣好像靜止般，非常的悶熱。

　　就在爸爸、媽媽把雞鴨趕到山邊，用竹籬圍起來的時候，他們看到松鼠、青蛙，甚至蛇，都跑出來往山上去。

　　「糟糕了，一定有什麼事要發生了！」媽媽擔心的說著。

　　「我去跟村長及大家說，妳回家帶著小孩，及通知我父母妹妹們到山上來。」爸爸一說完便往村子裡跑。

　　媽媽也快速的跑回家。就在她剛進家門時，整個房子忽然劇烈的左右震動搖晃著。

　　「地震！」在客廳裡的姊姊，緊張的邊喊邊抓著桌子。

　　一旁坐在椅子上的小光，馬上跳了起來，抓著姊姊害怕的叫著：「好可怕哦！」

　　「汪！汪！汪！汪！」瑪莉則在門口不停的叫吠著。

　　媽媽馬上抱住了小光跟姊姊，「妳們不怕，媽媽

在！」

不一會兒震動停止了，房子也不再搖晃了。

小光想起月婆婆說的海水退潮的事。她飛快地跑到庭院裡，站在她早上看遊輪經過的大石頭上。

「媽媽，海水都乾了！」小光緊張的叫著。

只見海水已經退到很遠的地方，而且可以很清楚的看到海底，以及岸邊很多的魚在跳動著。

媽媽跟姊姊馬上朝她跑了過來。「哦！我的天啊！這一定是海嘯！」媽媽驚呼著。

「快！我們快去山上。」媽媽說著就邊拉著小光及姊姊，跑到住他們旁邊的阿公阿嬤家。她大叫著：「爸媽快出來！我們要趕快上山！海嘯來了！」

阿公阿嬤驚慌的跑出了房子。

「我的天啊！海水都退到海中央了。」六呎高的阿公，震驚的看著海面說著。

「還看什麼海！逃命要緊，快跑啦！」阿嬤抓住阿公的手臂，緊張的邊說，邊跟著她們往上坡跑去。

大家用盡全力，快速的跑到了山上。

小光彎著腰，雙手放在膝蓋上邊喘邊問著：「爸爸呢？」

「爸爸通知大家，應該很快就來找我們。」媽媽也邊喘邊說著。

小光看著村裡的每個人，都快跑到了她們站著的山邊。村長也在，但是就是沒有看到爸爸。

「村長，阿振去通知你們，那他人呢？」媽媽問

著。

「他應該在這裡啊！他叫大家來這裡集合的。」村長邊說邊查看著四周。

「阿振呢？」阿嬤緊張的問著媽媽。

「你們大家，有誰看到阿振？」村長大聲的問著。

大家你看我，我看你搖著頭。突然有個聲音說：「他去通知在海邊釣魚的外來客。」

「什麼？」媽媽驚訝著。

「媽，您幫我看一下小孩，我去找阿振。」媽媽跟阿嬤交待著。

阿嬤很憂慮的點點頭。

「爸，媽，您放心，我一定會把阿振帶回來的。」媽媽跟著擔心的阿公阿嬤說完，就往海邊衝去。

「媽媽！媽媽！」小光和姊姊叫著。

玉環在通往海邊的路上，看到好幾個六尺高的大浪，正往村子裡打進來。她叫著：「阿振！阿振！」

就在大浪的前方，阿振及兩個釣魚的人，正飛奔似的往上跑。

「你們丟掉那些釣具，會跑得比較快！」阿振叫著。

只見浪就離他們不到五尺遠。阿振拉著兩個釣魚的人往上坡跑去。他大喊著：「你們要跑快一點啊！」突然間，來了地震。一陣大浪打來，瞬間他們整個人被打倒在地上。阿振爬起來又努力的往上跑，且叫著：「你們快跑啊！」這時又來了個地震。阿振看到玉環就在不遠處，正對他揮著手。浪又來了，他跟其他兩個人又被浪打倒了。這次不管他們多努力往上爬，身體卻被海水往下帶。他們努力地掙扎著。

　　「月婆，對不起我只能用祂了！」玉環說著一跳，就飛到阿振的身邊，拉起了他及其他兩個半昏迷的人。

　　在把他們放在往山上的路上後，臉色蒼白的玉環閉上了眼睛，往地上倒去。

　　「玉環！玉環！」阿振抱著昏迷的玉環叫著。

　　玉環昏迷了一天後醒來了。

　　「玉環，妳醒了！」阿振握著玉環的手叫著。

　　「大家都好嗎？都安全嗎？」玉環虛弱的問著。

　　「我們都很好，每一個人都平安，就只有妳不平安。」阿振疼惜的說著。

　　「我現在不是好好的？」玉環微笑著。

　　「以後不可以再用法術來救我，妳自己都變成這樣了。」阿振擔憂的說著。

「小聲點！」玉環說著，快速的看了一下屋內。「好了，沒事了。拿梳子來，我整理一下。我可不能讓我女兒，看到我病懨懨的樣子。」玉環微笑著。

　　阿振從抽屜裡拿出了梳子，「我來幫妳吧！」他說著，就開始輕輕的梳著玉環的頭髮。突然間，一大把的頭髮，掉在梳子上。

　　「怎麼會這樣？」阿振皺著眉驚訝的說著。

　　玉環看了看梳子，「沒有關係，我本來就不應該用我僅剩的法力。等我休息夠了，應該就會好了。」她邊說邊把一大把的頭髮，從梳子上取下來。

第十九章
媽媽生病了

媽媽自從在海嘯中救了爸爸之後，身體就愈來愈虛弱了。她的頭髮一直的掉，所以每天她用髮巾包著頭。

爸爸煮了春天採的草藥茶，給媽媽增強抵抗力。以前，每次只要家裡有人身體不舒服，喝了草藥茶就好很多。可是這次媽媽喝了，一點效果也沒有。看著媽媽愈來愈瘦的身影，全家人都很擔心。

「玉環，我們去給醫生看看，這樣下去不行。」阿振擔心的對躺在床上的玉環說著。

「你知道的，我的問題，不是醫生能解決的。」玉環疲倦的說著。

「現在的醫學很進步，一定有藥可以幫妳的！」阿振鼓勵著。

玉環看著阿振，點了點頭。

「好吧，如果去看醫生，可以讓你安心點。我好累，我先睡一下。」玉環說完，便閉上眼睛休息。

姊姊和爸爸在客廳。

「爸爸，醫生怎麼說？」姊姊問著。

「他說他也查不出她哪邊有問題，但是就是免疫

力一直下降。」爸爸臉帶憂愁的說著。

「那怎麼辦？」姊姊擔心的問著。

「我們就讓媽媽好好休息。」爸爸說著，便伸出手握著姊姊的肩膀，他繼續說：「小蝶，這陣子妳可能就要幫忙爸爸，照顧家裡了。」

姊姊握住了爸爸的手臂，認真的說著：「爸爸，您放心的照顧媽媽，不要擔心家裡，我會整理好家裡，也會照顧好小光的。」

小光坐在床邊，很擔心的看著臉色泛白，躺在床上的媽媽。

「媽媽，您怎麼了？您哪裡痛嗎？我可以拿藥給您吃嗎？」小光眼眶泛著淚，握著媽媽的手問著。

「小光，不要擔心，媽媽再休息一下就會好了，妳不要難過。」媽媽用著虛弱的聲音安慰著小光。

小光從來沒有看過，媽媽如此的虛弱。

「媽媽，您不會像隔壁的婆婆一樣死掉了？」小光說著眼淚就掉了下來。

「小光，不要擔心。過來，躺在媽媽旁邊。媽媽唱歌給妳聽。」媽媽微笑說著。

小光輕輕地，側著身子在媽媽旁邊躺了下來。她一隻手輕輕地抱著瘦到全身是骨頭的媽媽。

媽媽握著小光的手，用著她虛弱的聲音，哼著桃

太郎的歌：「MomotaroSan，MomotaroSan……」

「記得，小光要跟桃太郎一樣勇敢，好嗎？」媽媽鼓勵著。

小光緊緊的抱著媽媽說著：「好，我會的！媽媽，我保護您！我不會讓任何壞蛋來傷害您！」

小光看著手中姨婆給的髮簪說著：「請您幫我，我媽媽生病了，我們需要您的幫忙！」

小光把髮簪戴在頭上，盤腿坐在鏡子前。她看了看周圍，什麼事都沒有發生。小光很著急，心想怎麼什麼都沒有。

「我要專心一點！」小光告訴自己。

她想到老師教的冥想可以讓她專心。於是她就閉上了眼睛，把自己的心安靜下來，專心的呼吸。慢慢的，她的身體變得輕鬆多了。小光專心的吸氣，吐氣著。不一會，一道光出現在她的前面。她張開雙眼，有一個長髮的，長得很漂亮的女生，穿著像似阿公喜愛的國劇裡古代人穿的衣服，站在小光前面。

「月亮的女兒，妳有什麼需要我幫妳的嗎？」長髮漂亮的女生問著。

小光覺得好稀奇，一直盯著她看著。

「妳是誰？」小光好奇的問著。

「我是月婆的髮簪。她派我來照顧她所有在地面

上的孩子。」髮簪仙女說著。

「所以，我真的是月亮上來的？」小光驚訝的問著。

「是的。」髮簪仙女說著。

小光又驚又喜繼續的問著：「那姨婆給我這個髮簪，所以她也是嗎？」

「是的。」髮簪仙女說著。

「那媽媽呢？」小光問著。

「是的，妳們家的女兒都是。」髮簪仙女說著。

「哇！我們真的都是哦！」小光好開心的說著。

「所以，妳找我就是要問這個？」髮簪仙女問著。

「不是，不是，是我媽媽。我媽媽生病了，您可以救救她嗎？」小光緊張的說著。

「我去看一下妳媽媽。」髮簪仙女說著，一下子就把小光跟她自己帶到媽媽房間。

「哇！我們怎麼到媽媽這裡的？」小光很困惑地說著。

「妳媽媽病得很嚴重，我沒有藥可以救她。」髮簪仙女面有難色的說。

「不行！您說月婆婆叫您來照顧我們的。您一定要想辦法。拜託！拜託！」小光哀求著。

髮簪仙女眉頭深鎖的說著：「而且地球上應該也沒有藥。」

「漂亮的仙女，我拜託您一定要救我媽媽。醫生

的藥，媽媽吃都沒有效。」小光又急又擔心，眼眶都紅了。

看著焦慮的小光，髮簪仙女努力的想著解決的辦法。幾秒鐘後，「有了，跟我走吧！」髮簪仙女笑著，一道白光出現，她們馬上到了一個發光的小島上。

「我們在哪裡啊？」站在小島上的小光，驚訝的邊問，邊看著發出藍光的海浪，一波又一波的打到岸上，把整個黑黑的海都點亮了。島上到處也都是發著光的花草，好特別而且美麗極了！

好奇又興奮的小光伸出手要去摸它們。

「不可以摸，它們有毒！」髮簪仙女警告著。

嚇了一跳的小光，馬上把手收回。

「在前面那個洞裡的珍珠，就是可以救妳媽媽的藥。」髮簪仙女指著前面的一個石洞口說著。

「可是我們在哪裡啊？」小光困惑地問著。

「妳看，這邊就是妳家的方向。」髮簪仙女指著海面山的那一邊。

「我們怎麼來的啊？」小光不解的問著。「我怎麼從來沒有看過這個島？」

「因為它只有在滿月時出現，而且只有月婆的光指引才看得到！」髮簪仙女說著。在出現了一道白光後，她們回到小光的房間。

「妳現在快去叫妳爸爸，一起去找吧！」髮簪仙女說著就不見了。

盤腿坐在鏡子前的小光，張開了雙眼，馬上跑去告訴爸爸，剛剛她所發生的事。

　　「爸爸，我們晚上快去那個島上拿珍珠，救媽媽。」小光興奮的說著。

　　「可是小光，我捕魚這麼久，從來沒有看過這個島。」爸爸半信半疑的說著。「就算是滿月時，也沒有啊。」

　　「爸爸，我也不知道有沒有，但是我們可以試試看。您不是教我，不可以沒有試過就放棄嗎？」小光堅持的說著。

　　爸爸深深的吸了一口氣，他摸著小光的肩膀說：「好，過兩天滿月，我們就去找。」

　　「月婆婆，我知道您可以聽見我。媽媽生病了，很嚴重，您一定要救救她！媽媽是世界上最愛我的人，她對小光最好。她都把最好吃的留給小光，買最貴，最好吃的蘋果給我。她對阿公、阿嬤很孝順。她對村裡每一個人都很好。媽媽是一個很好的人，您一定要救媽媽！小光不能沒有媽媽！」小光說著，說著，滾滾的淚珠就從臉上流了下來。她用手腕擦著眼淚繼續說：「髮簪仙女說，我們是月亮來的女兒。我相信是真的，因為月婆婆都會來看我。那月婆婆，您一定要救媽媽啊！明晚，我們需要您幫忙，指引我們

去那個有珍珠，可以救媽媽的島上。您一定要帶我們去，我求求您！」小光跪在庭院，向月亮磕著頭。

第二十章
隱形島

　　媽媽現在大部分的時間，都躺在床上，而且都昏睡著。

　　「媽媽，今天晚上，我們就要去拿珍珠，您一定會好起來的！」小光眼中泛著淚，摸著昏迷不醒，雙頰凹陷，臉色蒼白的媽媽說著。

✦　　　✦　　　✦

　　爸爸跟小光，站在海岸邊的大石頭上，看著天上的滿月。已經是入冬了，天氣也變冷了。冷冷的風，吹著爸爸和小光的臉頰。

　　「小光，妳穿得夠暖嗎？冷不冷？」爸爸問著。

　　「我不冷。」小光有點顫抖的說著。

　　爸爸把他的圍巾，包住小光的頭及脖子，「這樣比較溫暖。」他微笑說著。

　　「那爸爸呢？您不冷嗎？」小光有些擔心地問著。

　　「我是爸爸。我這麼高大、強壯，我不冷。」爸爸握著拳頭，逗著小光。

　　小光微笑著。她看著被月光照得通明的海上說著：「爸爸，今天晚上的月婆婆好亮啊！」

　　「的確。」爸爸點著頭，「那我們開始找吧！」

爸爸和小光努力的找著小島。可是找了好久，都沒有見到小島的蹤影。

小光打了個哈欠。

爸爸摸摸小光的頭，關愛的說著：「小光，如果妳累了，可以先回去休息。爸爸自己找就可以了。」

小光深吸了一口氣，打起精神的說：「爸爸，我不累，您不要擔心。」她張大了眼睛，繼續在海面上尋找著。突然間，不知哪來的一隻大海鷗，在海中央的上方飛著。

「爸爸，那邊有隻大鳥在飛！」她驚訝的比著右前方海面上叫著。

爸爸也張大了眼睛，朝著小光比的方向看去。他皺著眉說：「對啊，三更半夜的，哪裡來的大鳥？」

在明亮的月光中，他們清楚地看見，大海鷗揮舞著牠的大翅膀飛著。

「爸爸，牠停住了！」小光說著，「那是什麼在海裡發亮呢？」她看著在大海鷗後面，發著藍光的海浪，圍著一個若隱若現的小島。她想起了髮簪仙女帶她去的那座神奇的發光島。她興奮地用手指著島嶼的方向叫著：

「就是那小島！就是那一個島！爸爸，在那裡！」

爸爸驚訝地看著被藍光包圍著的小島，「怎麼我從來沒有發現，那裡有一個島？」

很快的，他把小光放入他平時在近海捕魚用的小

木舟，然後他快速的往小島划去。

　　小光看著一波又一波發著藍光的海浪，打在島嶼的岸邊。正如同髮簪仙女帶她去的小島所看到的一樣。

　　「爸爸，我可以看到整個島了！」小光興奮的說著。

　　他們到了小島，把小舟綁在石頭旁，上了岸。而剛才那隻大鳥，正停在島上最高的石頭上休息著。

　　「好大的海鷗啊！我看至少是我們的小舟十倍大呢！」爸爸驚訝的看著巨鳥說著。

　　走在岸邊的小光，看著一旁的植物自言自語著：「奇怪，怎麼跟我之前看到的不一樣？不是所有的花草，都應該發亮嗎？」

　　「我們去前面看看吧！」走在一旁的爸爸說著，便牽起小光的手，往前面的幾顆岩石走去。

　　「怎麼那麼多的螢火蟲啊？」小光看著閃爍在石壁上的光火說著。

　　就在他們到達比小光大兩倍的岩石邊，他們才發現，那些光並不是螢火蟲。

　　「小光，這後面的花草都在發光！」爸爸驚呼著。

　　小光馬上跑到岩石後面，她興奮的看著一大片五顏六色的發光植物叫著：「爸爸，就是它們！就是它們！」

　　「我之前潛水到深海，也有看過一些發光的海草

及生物，這倒是我第一次在陸地上看到發光的植物。這真是一個奇特的地方！」跟在小光後面的爸爸說著，便伸手要去摸一旁發光的植物。

小光馬上拿開了爸爸的手，緊張的說：「不要摸！爸爸，它們有毒！」

「真的嗎？」爸爸嚇一跳的說著，他想起了海裡那些有毒的海菜，「也有可能，海裡的一些海菜生物也有毒。好險，謝謝妳提醒爸爸。」爸爸吐了一口氣，微笑著。

小光張大眼睛訝異的說：「海裡的海菜也有毒啊？」

「那些對我們來說是毒，但卻是可以保護它們的本能。」爸爸說。

「真有意思！原來毒不是都不好的。」小光笑著。

「是啊，有時我們覺的可怕不好的東西，也許在別的環境，或用在對的地方，卻是好的，甚至可以救命的。」爸爸解釋著。

小光皺著額頭想了想，然後笑著說：「就像這些有毒的花草，雖然對我們不好，但卻可以保護這個島一樣，對嗎？」

爸爸點頭微笑著，「我想應該是這樣吧。」

小光環顧四周發光的花草，就在前方不遠處，她看到一個熟悉的影像。「爸爸，那裡應該有個洞。我們去看一下。」她比著前方的大岩石說著。

「好，我們去看看。」爸爸說著牽起了小光的手，來到了前方距離岸邊約三公尺遠的石洞口。

「還真有個洞！」爸爸說著，打開了手中的手電筒，往洞裡照了一下。山洞很小，而且裡面烏黑一片。

「來，幫爸爸拿著。」爸爸說著，便把手電筒交給小光。

他努力的用著雙手挖著洞口，可是洞口還是太小，他沒有辦法進去。他嘆了口氣，搖著頭說：「小光，這個洞很小，而且還滿深的，爸爸可能進不去。」

「爸爸，我可以進去。」小光說著。雖然黑黑的洞讓她害怕，但是為了救媽媽，她現在必須要跟桃太郎一樣勇敢。

「小光，妳不是怕黑嗎？而且不知道裡面會不會有危險？」爸爸一臉擔心的看著小光說著。

「爸爸，我不怕，我長大了。而且我有師父給我的香包和姨婆給我的髮簪保護我。」小光很自信的說著，便把香包跟髮簪，從口袋裡拿出來給爸爸看。

在出門前，謹慎的小光，就把香包和髮簪帶在身上了。

爸爸感動的看著他勇敢的女兒，然後抬頭看著天上那一輪金黃色的月亮，他跪了下來。

「月婆，今天晚上，我就把小光交給您了！我想您應該早就知道，我會給玉環帶來災難，所以才不希

望我們在一起的。一切都是我的錯，您就處罰我吧！但是，求您救救您的女兒！」爸爸激動的向天上的月婆祈求著。

看著擔心難過的爸爸，小光摸著他的肩膀。雖然心裡害怕，但她還是安慰鼓勵著他，「爸爸，您不要擔心。我一定會把珍珠拿出來！媽媽會沒事的！月婆婆最愛我，她會保護我的！」

爸爸緊緊的握著小光的雙手說：「小光，謝謝妳。如果有什麼不對勁，就馬上出來。」

「好的，我會的。」小光點著頭，很堅定的說著。

「一切小心！如果害怕就馬上出來。」爸爸擔心的說著。

小光點點頭。她拿著爸爸的手電筒，往烏漆漆的洞內照去。她的心跳加快著，腳也開始發軟。但一想到昏迷不醒的媽媽，她告訴自己要勇敢。在大大的吸了一口氣後，她爬進了洞穴裡。

在伸手不見五指的洞內，緊張的雙手發抖的小光，告訴自己不能怕，不能怕，媽媽需要我。她專注的看著手電筒發出的光，往前爬著。

「小光！小光！妳還好嗎？」爸爸叫著。

她忍住緊張，吸了一口氣，大聲應著：「爸爸，我沒事！只是有點暗。」就在小光跟爸爸說話的同時，一道月光從岩洞上方的一個小洞口灑了進來，烏黑的洞內瞬間亮了起來。在月光後，一個東西正微微

的一閃一閃著。

爬在地上的小光，站了起來，「爸爸，裡面好大哦！」小光邊叫，邊往發光的東西走去。

「妳說什麼？」爸爸的聲音變小了的說著。

「我說，裡面好大哦！」在小光回著時，她驚訝的發現，一道道微微的光，正從一個比人還大的貝殼縫隙裡發出。

「爸爸，有一個好大的貝殼哦！比我還要大！」小光叫著，心想這會不會跟桃太郎的故事一樣，裡面也有個小孩子？她慢慢的走到貝殼前面，用手輕輕的敲了敲，「有人在嗎？」她問著，但沒人回答。她繼續又敲了幾下。

「是誰啊？是誰？我在睡覺，不要吵！」一個小女孩的聲音，從貝殼內傳出。

小光嚇了一大跳，但是又很興奮！小光心想，真的有小孩子在裡面！！

「妳好，我叫小光。妳可以開這個貝殼門一下嗎？」小光有禮貌的問著。

「妳是誰？怎麼知道我住這裡的？」貝殼裡的小女孩說著。

小光心想，我是誰啊？我要怎麼說？「我叫邵小光，我媽媽是……」小光說著。

「我知道，妳已經說過妳的名字了。」女孩不耐煩的說著時，貝殼門打開了。一陣白色亮光後，一個金色捲髮的女孩走了出來。她長長的頭髮上戴滿了珍

珠，遮住了全身。

小光看著這個奇特又漂亮的小女孩，她不由自主的說著：「哇……妳好漂亮哦！」

珍珠小女孩走到小光面前問著：「妳找我幹嘛？」

「我媽媽生病了，需要妳的珍珠，才可以救她。」小光真誠的說著。

珍珠小女孩看了看小光說著：「妳要我的珍珠？」她繼續問著：「妳怎麼知道我的珍珠可以救人？誰告訴妳我們這個島的？還有，我怎麼知道妳不是在騙我？」

「我沒有騙妳！真的！我媽媽真的生病了。是髮簪仙女告訴我，妳的珍珠可以救我媽媽。」小光努力的解釋著。

「髮簪仙女？」小女孩說著，心裡想，這裡除了大海國的人，就只有月婆知道。這位仙女是誰呢？為何要幫她？

小光拿出口袋裡的髮簪給她看著。「這個就是我姨婆送給我的髮簪。」

小女孩看著，被一層發光的靈氣包圍著的髮簪。她說著：「好吧，我就先相信妳。那妳有什麼可以給我？」

「妳要多少錢？我們跟妳買。」小光很誠懇的問著。

「我這裡不用妳們用的錢。」珍珠小女孩說著。

「那，妳要什麼？」小光緊張的問著。

「妳就不要刁難她了。」一個老沉的聲音說著。這時從珍珠小女孩身後，走來了一隻大烏龜。

「烏龜公公！」小光驚訝地叫著。心想牠怎麼會說話？

「小光，好久不見！」大烏龜微笑的點頭說著。

小光跑到大烏龜身旁，給牠一個大大的擁抱。

「烏龜公公，我好開心看到您哦！」小光很開心的說著。

「你們認識？」珍珠小女孩驚訝地看著他們。

「是啊，就是小光和她爸爸救我的。」大烏龜說著。

「原來是你們救我們的老龜啊。」珍珠小女孩看著小光說著。

「還有，小光可是月亮的女兒。所以這個忙，我們一定要幫。」大烏龜對珍珠小女孩說著。

「拜託妳！救救我媽媽！」小光雙手握在胸前，懇求著珍珠小女孩。

珍珠小女孩挑著眉毛說：「月亮的女兒！妳怎麼不早說。」

「我……我……」小光不知如何解釋。

「好吧！那我就幫妳。但是……」珍珠小女孩手交叉在胸前，若有所思地說著。

小光和烏龜公公張大眼睛看著小女孩。

「你們不要緊張，我只是要妳來陪我玩。」珍珠

小女孩微笑著。

「可以，我可以。」小光努力的點著頭，然後面有難色的說著：「可是⋯⋯這個島，是我第一次來。我自己沒有辦法來。」

「所以，妳還不會飛？」珍珠小女孩驚訝的說著。

「飛？我⋯⋯我是在夢裡飛過啦。」小光摸摸頭感到迷惑的說著。

「沒有關係，很快妳就會了！」珍珠小女孩說著，便取下了頭髮上的兩顆珍珠，交給了小光。「這顆粉紅色的，給妳媽媽吃。白色的這一顆給妳。滿月的時候，只要妳看到白珍珠發亮，外面那隻大海鷗，就會去接妳來。」她說著。

小光接起了珍珠女孩手中的珍珠，感激的邊點頭邊說：「好的，我一定會來的。謝謝妳！」

「我們就下次見了。我要回去睡我的美容覺了。」珍珠小女孩說著，打了個哈欠，伸了個懶腰，就走回到貝殼裡，關起貝殼門了。然後她又打開了門說著：「老龜，你開個門給她出去吧！看她身上髒兮兮的。」說完，她便關上了貝殼門。

小光很快的看了自己一下，才發現身上沾滿了沙子。她邊拍著衣服上的沙子，邊四處看著。「門？這裡面有門？」她好奇的問著。

大烏龜慢慢的走到大貝殼旁說著：「小光，妳過來。」

小光走了過去問著：「烏龜公公，門在哪裡啊？」

　　大烏龜用腳撥開腳上的沙，一顆大白石出現在地面上。「在這裡。」牠用腳比著地上的白石。

　　「門在地上？」小光不解的看著大烏龜。

　　大烏龜笑著，「當然不是。門在那邊！」大烏龜說著便用嘴巴比著左邊的石壁。牠踏了一下地上的白石，左側邊的石壁慢慢的裂出一條縫後，就打開了一道小門。

　　「哇！好神奇啊！」小光張大眼睛驚嘆著。

　　大烏龜笑了笑，「小光，妳快回去吧。」

　　「嗯。」小光點著頭。看著慈祥的老龜，小光的心充滿著感激。「烏龜公公，謝謝您！謝謝您的幫忙！」小光說著，頓時眼眶都濕了。

　　「小光，要不是妳和妳爸爸，我老命早沒了。我很開心有這個機會，幫這個小忙來答謝你們。」大烏龜微笑的說著。

　　「小光，小光！」爸爸叫著。

　　「爸爸，我拿到了！」小光對著洞口的爸爸叫著。

　　「再見了，小光。」大烏龜說著。

　　小光再次給了大烏龜一個擁抱，她感激的說著：「謝謝您，烏龜公公。再見了！」說完後，便走出了旁邊的小門。

第二十一章
珍珠小女孩

　　媽媽在服用了珍珠後，慢慢的好起來了。而且很奇妙的，她的頭髮很快就長長了。爸爸把髮簪仙女和隱形島上的珍珠小女孩的事，告訴了媽媽。

　　「小光，謝謝妳，救了媽媽。」媽媽坐在床邊，摟著坐在她懷裡的小光說著。

　　小光摸摸媽媽新長出來的頭髮，「媽媽，您看！您新長出來的頭髮，好亮，好漂亮！」她開心的說著。

　　媽媽摸了摸自己的頭髮，微笑的問著小光，「想不想看媽媽留長髮啊？」

　　「想啊！姨婆說，我們家的女孩最適合留長髮了。媽媽一定會更漂亮了！！」小光繼續摸著媽媽的頭髮說著。

　　「小光，告訴媽媽，那個珍珠小女孩，為什麼會願意給妳珍珠？」媽媽問著。

　　「她說我是月亮的女兒啊！」小光說著。

　　「就這樣？」媽媽不太相信的看著小光。

　　「哦，還有，烏龜公公的幫忙。」小光笑著。

　　「烏龜公公？」媽媽不解的看著小光。

　　「就是我們救的那隻大烏龜。牠告訴珍珠小女孩，我們救牠的事。」小光解釋著。

　　「哇！這麼巧啊。」媽媽驚訝的笑著說。

「還有，珍珠小女孩叫我要去陪她玩。」小光說著。

「陪她玩？怎麼去呢？什麼時候去呢？」媽媽好奇地問著。

小光聳了聳肩膀天真的說著：「她有一隻大海鷗，她說等珍珠亮的時候，就會來載我去。我也不知道什麼時候。」

「什麼珍珠？」媽媽問著。

小光站了起來，「您等我一下，我去拿。」她說完，就馬上跑去她房間裡，拿了一顆亮麗的白色珍珠，回到媽媽的房間裡。小光把珍珠放在媽媽的手中說著：「媽媽，就是這顆珍珠。您看，漂亮嗎？」

媽媽邊看邊說著：「非常漂亮！」

「小光，妳要答應媽媽。妳去看這個珍珠小女孩的事，不可以給任何人知道，還有髮簪仙女的事也一樣。」媽媽囑咐著。

「為什麼？」小光困惑地問著。

媽媽握著小光的雙手，微笑的說著：「就當做這是妳跟媽媽的祕密。」

「祕密？所以姊姊、哥哥還有小宇哥哥，都不能說嗎？」小光問著。

「是的，這是屬於妳跟我的祕密，好嗎？」媽媽說著。

「可是，爸爸也知道啊！」小光說著。

「那就是我們三個人特別的祕密。」媽媽說著便

伸出小手指，「來，我們來打勾勾！」她說著。

「好的，我們特別的祕密。」小光邊說邊開心的跟媽媽勾著手指。

「怎麼那麼亮？天亮了嗎？」躺在床上睡覺的小光，手揉著被亮光照著的眼睛，自言自語著。她慢慢地張開了雙眼，看到整個房間裡，被一個大亮光照得通明。她發現亮光是從書桌那邊發出來的。突然間，她聽到「歐！歐！歐！」的鳥叫聲。她往窗外看去，是那隻大海鷗。

小光穿上了外套，走到了庭院。大海鷗把翅膀放下，小光坐上了大海鷗。他們飛到了海面上，海風徐徐地吹著他們。小光並不冷，因為大海鷗的羽毛很溫暖。很快的，他們到了隱形的小島。整個島，被發光的植物包圍著，好像有成千上萬的螢火蟲一樣。真是美麗極了！

小光站在岸邊，看著發著藍光的海浪打到岸邊，一波又一波的，好神奇又好美哦！

「小光，妳在發什麼呆？」珍珠小女孩站在洞口叫著。

小光回過頭，她不好意思的說著：「妳好。哦……我還不知道妳叫什麼名字。」

「我沒有名字。我都是自己一個人，要名字幹

嘛？」珍珠小女孩聳了聳肩不在乎的說著。

「都是自己一個人？妳爸爸媽媽呢？」小光驚訝的問著。

「我不知道。反正，除了有時候看到那些路過的捕魚人，妳是第一個上來海島的人。」珍珠小女孩說著。

小光突然覺的她很可憐，她問著：「所以，妳一個人住在這裡？」

「我不是一個人啊！還有大海鷗、老龜、螃蟹大俠和海草妹妹啊！」珍珠小女孩說著，便往後指著她身後的大烏龜、螃蟹和海草。

小光又驚又喜的看著慢慢走過來的大烏龜，她立刻跑到大烏龜旁，抱了牠一下。「烏龜公公，您好。」小光微笑地說著。

「小光，妳來了。」大烏龜笑的眼睛都瞇起來的說著。

「有時候，彩虹姊姊也會來看我。」一旁的珍珠小女孩說著。

「彩虹姊姊！」小光驚嘆著。

小光好喜歡彩虹，有一次下完雨，小光跟姊姊追著彩虹跑，可是怎麼追，都追不到。

「是啊！她還會讓我坐在她身上，然後我就從她身上最高的地方滑下來。很好玩！」珍珠小女孩很開心的說著。

「真的哦？」小光羨慕的看著小女孩。

「妳如果想看到她，就要常常來，才會有機會看到她。」珍珠小女孩說著。

「嗯！嗯！我想見她。」小光點頭認真的說。

「那，我們來玩遊戲。」珍珠小女孩微笑的說著。

「妳想玩什麼？」小光問著。

「妳都玩什麼呢？我已經跟他們玩到很無聊了。」珍珠小女孩說著，帶著無趣的表情，她看著停在大石頭上的大海鷗和身邊的大烏龜、螃蟹和海草。

小光心想，如果玩捉迷藏，那自己一定輸給在這裡長大的珍珠小女孩。

「我們玩123木頭人。」小光邊說邊解釋著玩法。

「不可以動。還真有趣！」珍珠小女孩說著。

「你們也來玩吧！」珍珠小女孩叫著一旁的大烏龜和螃蟹。

螃蟹搖著牠兩隻大鉗手開心的說：「太好了！」

「牠也會講話！」小光驚訝的說著。

「大家都會說話啊！妳也會啊，為什麼妳那麼驚訝？」珍珠小女孩問著張大眼的小光。

「哦！這是我第一次看到螃蟹說話。」小光感到有些困窘的說著。

「海草妹妹，我想叫妳不動，是不太可能。」珍珠小女孩笑著，對著正在一旁小水池裡跳舞的海草說著。

第二十一章：珍珠小女孩

「嗯，我也不喜歡。不能動太無聊了！」海草妹妹邊說，邊左右擺動著身體，開心的舞蹈著。

小光眼睛張更大了！她心想，這跟愛麗絲夢遊仙境裡一樣，每一個東西都會說話，太棒了！

「我爬得這麼慢，一定跟不上你們的。」大烏龜用著牠低沉的聲音，慢慢地說著。

「不用擔心，就是玩不能動的遊戲，您爬得慢剛好，反正您有動跟沒動一樣。」珍珠小女孩開玩笑著，大家都笑了。

「你們這些小孩子，我已經500歲了，當然爬得慢。你們到我這個年紀，我想是走都走不動了。」大烏龜不認輸的說著。

「500歲？您那麼老了！」小光不相信的看著大烏龜。

「我忘了。人類活到100歲，就已經可以算奇蹟了！」大烏龜看著小光說著。

「你們一直講話，到底是玩不玩？」螃蟹大俠叫著。

只見珍珠小女孩說：「123，木頭人。」

小光跟螃蟹都不敢動，而大烏龜還是停留在原地。

他們很開心的玩著。過了一會兒，珍珠小女孩用一個小貝殼，裝了一些水給小光喝。

小光喝著水，驚訝的說著：「哇！這水怎麼這麼好喝，還甜甜的。」

珍珠小女孩笑著，「這是我們島上的水，我們每一個都是喝這個水的。以前曾經有人要來島上偷水，因為他們相信這個水可以給他們帶來什麼神奇的能力。」

　　「真的嗎？」小光好奇地問著。

　　「我也不知道。」珍珠小女孩聳肩笑著，「我們都沒有生病啊，所以應該是很好的吧。」

　　「那我可以帶回去給我爸媽喝嗎？」小光問著。

　　「不行！妳不可以讓任何人知道這個水、這個島，知道嗎？」珍珠小女孩板起臉，慎重地說。

　　小光嚇了一跳，馬上點頭說著：「哦⋯⋯好的。」

　　「以前有人為了偷這個水，差一點就毀掉我們的島。所以我們請月婆婆幫我們把島隱形了，才沒有人再來，我們才可以活下來！」珍珠小女孩說著。

　　「哦，我知道了。我不會跟任何人說的，我保證！」小光舉了三隻手指頭保證著。

　　珍珠小女孩點了點頭。

　　「對了，謝謝妳的珍珠。它救了我媽媽，謝謝！」小光感激的說著，便伸出雙手抱住了珍珠小女孩。

　　珍珠小女孩被這突來一抱，嚇了一跳。因為這是她人生第一次，被別人擁抱著。

　　「哦⋯⋯我的珍珠，當然是世界上最好的！」珍珠小女孩有點不好意思的說著。「好了，妳也應該回

去了。」珍珠小女孩推開了小光。

「嗯，我明天還要上課。但是……妳還沒有取名字。」小光邊想邊說著。「叫……小麗。小麗好了！」小光開心的說著。

「小麗……」珍珠小女孩說著。

「嗯！妳全身上下，有這麼多的珍珠，這麼的亮麗。小麗很適合妳。」小光說著。

珍珠小女孩看著自己，然後微笑的點點頭。「好，小麗，我喜歡。」

小光握著珍珠小女孩的手，微笑的叫著：「小麗！」

珍珠小女孩微笑著。

大海鷗飛了過來，放下了牠大大的翅膀。小光上了翅膀，她雙手在空中揮著說：「再見了，小麗！再見了，烏龜公公！螃蟹大俠！海草妹妹！」

大海鷗飛了起來，載著小光往回家的海面上飛去。

「下次見，小光！」珍珠小女孩也揮手說著。

烏龜公公、螃蟹大俠和海草妹妹也叫著：「再見！小光！」「下次見，小光！」「再見，小光！」

在月光下的大海鷗愈飛愈遠，愈變愈小。

而這時，在天上的一輪明月上，出現了一個溫暖慈藹的老婆婆的臉，她微笑的看著他們。

第二十二章
過年了，小光八歲了

　　小光全家開心的準備過年，學校也放寒假了。村裡每戶人家，為了迎接新年的到來，都換上新的春聯。有些還掛上燈籠，重新粉刷屋子，給屋子穿了新衣服。全村變得好熱鬧。

　　爸爸媽媽幫家裡每個人買了新衣、新鞋，等大年初一穿去拜年。爸爸媽媽給小光買了一件紅色的斗蓬披風及一雙紅鞋。

　　「好漂亮啊！」小光看著她面前的新衣服、新鞋子開心的說著。

　　「我可以試試嗎？媽媽。」小光非常想穿的樣子問著。

　　「這是新年的衣服，應該要等到大年初一，才可以穿。」媽媽說著。

　　「哦……」小光表情有點難過的說著。

　　看著她一臉失望的樣子，媽媽微笑的說：「好吧，妳可以先試一下。」

　　小光好興奮的拍著手說：「謝謝媽媽！」

　　媽媽搖頭笑著，便拿起了披風幫小光穿上。

　　「媽媽，好看嗎？」小光問著。

　　「真好看！剛剛好，就好像專門為妳做的。」媽媽微笑著。

　　小光跑到鏡子前。「哇！」她說著。她覺得從來

沒有看過，這麼好看的自己。她摸著身上的紅色斗蓬披風，開心地微笑著。

「喜歡嗎？」媽媽問。

「嗯！我好喜歡哦！謝謝媽媽。」小光開心的說。

「來，把鞋子試一下。」媽媽說著便幫小光把鞋穿上。

「媽媽，剛剛好耶！」小光開心的說著。

「走走看，看有沒有不舒服。」媽媽說著。

小光很小心的在屋裡走著，深怕弄髒了新鞋子。

「媽媽，不會痛。」小光微笑說著，然後她看了看鏡子裡的自己。忽然間，她覺得眼前的自己，好像長大許多了。

過年這天，家裡的每個人都很忙。媽媽從早上開始，就在廚房裡準備著今晚豐盛的新年晚餐，以及祭祖和拜拜的事。哥哥、姊姊們也幫著爸爸整理家裡和祭拜的事情。阿公和阿嬤在等大伯全家，傍晚回來一起圍爐吃年夜飯。

「放鞭炮了！」鄰居伯伯叫著。

砰！砰！砰！鞭炮劈哩啪啦的響著。小光搗住了耳朵，看著放鞭炮。放鞭炮的味道，總是讓小光想到開心的新年，還有姑姑結婚時，她當小花童的那天。

　　當小花童，是村裡所有小女孩最夢想的事。因為可以穿上像卡通裡公主一樣的漂亮禮服，還可以化妝。所以，村裡的小女孩，都希望有天能做花童。

　　小光記得那是三年前，她只有五歲的時候。那時剛進入夏天，天氣暖暖的，風柔柔的，非常舒服的天氣。那天，每戶人家庭院前面的花，都開的好漂亮。有一戶的前院，開滿了粉紅的薔薇花，風一吹，就把花香吹到路過人的身旁。

　　小光拿著由粉紅薔薇花，還有滿天星做的小捧花，花的味道非常舒服，而且有著甜甜的香。擦著粉色口紅的小光，可愛的像個小洋娃娃般，大家都說她今天真漂亮。但是小光不敢閉嘴巴，因為二姊說，如果嘴巴合起來，口紅會掉得很快。為了不讓口紅掉下來，她一整天都張著嘴巴。後來小光才知道，原來是姊姊逗她玩的，結果害她嘴巴痠了一天。

　　小光走在姑姑後面，一手拿著小捧花，另一手拉著姑姑白色禮服的裙襬，在鞭炮聲劈哩啪啦的伴隨下，走出阿公家。大家都好開心哦！那是小光第一次當花童，第一次擦口紅，是小光很難忘的一天。

　　「小光！小光！妳過來。」鄰居哥哥小宇輕聲的

叫著。

「幹嘛那麼神祕？」小光邊說邊走了過去。

「妳跟我來。」小宇說著，便牽起了小光的手往學校方向走去。

他們來到了學校。

「來，蹲下來。」小宇邊小聲說著，邊把小光拉下，蹲在教室的窗戶外。

「幹嘛要蹲在教室外面？」小光不懂的問著。

「噓⋯⋯，小聲點。」小宇的手放在嘴上小聲說著，然後手指著教室裡面繼續說著：「妳看！」

小光探頭望了一下教室內，馬上又蹲下來。「裡面有好幾個人，他們在幹嘛？」小光低聲的問著。

「早上，那個男人到我們家，問有沒有東西給他們吃。」小宇小聲的說著。

「他們是乞丐哦？」小光說著，又偷偷的起身，看了教室裡面一下，馬上又蹲了下來。

「我也不知道。不過他們的衣服都破掉，應該很有可能。」小宇說著。

「好可憐哦！」小光很同情的說著，「那我們去跟爸媽說，他們一定會幫忙的。」小光說著。

「嗯！」小宇點點頭。

小光跟小宇分別回了家，告訴他們的父母，剛才在學校看到的事。

「那麼，我們先去看一下，了解一下他們是從哪裡來的。」小光的爸爸阿振和來到客廳的小宇，以及

他的爸爸阿文說著。

　　阿振跟阿文到了學校，看到了四個小孩、兩個大人在教室裡面。這些人慌張地擠在教室的角落，害怕的看著阿振和阿文。

　　「你們不要怕，我們不會傷害你們。」阿振說著。

　　只見四個小孩很害怕的躲在男人後面叫著：「爸爸，爸爸！」

　　「你們不要怕。」阿振試著安撫他們。

　　「對，小朋友，你們不要怕，我們不會傷害你們的。」阿文說著。

　　「先生，我們只是借住幾晚就會走了。你們就行行好，讓我小孩過年時有個遮風避雨的地方。」男人拜託著。

　　「我們沒有要趕你們走，我們只是想要知道，你們為什麼會在這裡。」阿振說著。

　　「我叫阿石，這是我太太及小孩。」阿石說著，「我們已經很久沒有家了。」阿石難過的低下了頭。

　　「不……不難過。」在他一旁的女人，拉著阿石的手緩慢的說著。

　　阿石點著頭，微笑的看了女人一下，繼續說著：「我太太，是比一般人遲緩些，但是心地很好。可憐她跟著我到處飄泊吃苦的。我本來有個工作，但是腳受傷後就不能再工作。」阿石看著他受傷仍在包紮的腳。「我們也就被趕出租屋處。」阿石很無奈的說

著。

「那你難道沒有其他親人嗎？」阿振問著。

「我是孤兒，而我太太的父母也早就去世了。她的親戚也只能幫忙幾天，也沒有那麼多的錢可以幫忙我們。」阿石說著。

「所以，你們就一直在流浪？」阿文問著。

阿石點點頭。

「爸爸，我肚子好痛！」一個小女孩，摸著肚子，表情痛苦的說著。

「妹妹，怎麼了？」阿振問著。

「她就是……已經三天沒有吃到一頓飯了。」阿石說著，就跪下來，「兩位大哥，就好人做到底，有什麼可以施捨給我的小孩，我一定做牛做馬還給您們。」

只見小朋友們也跪了下來。

阿振和阿文馬上去把他們扶了起來。

「你們不要擔心，我們一定幫你們。」阿振說著。

「是啊，你們不要擔心，我們一定會幫你們。」阿文說著。

阿振和阿文回家後，便和家人各自準備了很多的食物送給阿石一家人，阿振也幫阿石的腳換上了藥。阿振和阿文決定明天一早去找村長。

✧　　✧　　✧

吃年夜飯的時候，二姐小蝶跟小光在搶雞腿吃。

「這是我的！」小蝶說。

「我的啦！我等很久了！」小光說。

「妳再去找另一隻雞腿啦！」小蝶說。

小光用筷子翻了一下盤子內的雞肉。「可是找不到啊！」

「小光，這樣不禮貌哦！」媽媽嚴肅的說著，「別人還要吃，不可以拿筷子這樣翻。」

「可是，怎麼只有一隻雞腿？」小光不太開心的說著。

「我們把它分給了待在學校的一家人。」媽媽說著。「他們已經很久沒有吃飯了，我想應該更久沒有吃到雞腿了。」媽媽溫柔地看著小光，「我們雖然不常吃，但是吃的機會還是比他們更多，對吧？」

「妳們今天少吃了一隻雞腿，但是卻能帶給他們一家快樂的一餐，是不是很棒啊？」爸爸看著小光和小蝶說著。

「爸爸，他們好可憐哦！」小光難過的說著。

「拿去，給妳吃。」小蝶說著就把雞腿放在小光的碗裡。

「我們一起吃吧。」小光說著。

「那我們呢？」大哥一品逗著小光。

「對啊！那我們呢？」大姐小茹也逗著小光。

「你們是大人了，怎麼還要跟小孩搶啦？」小光嘟著嘴巴，邊說邊用筷子把雞腿肉分開，各夾了一小

塊肉放在一品和小茹的碗裡。

「我們逗妳的！」一品笑著說，小茹也笑了。

「他們不吃，我吃了！」小蝶很快地從一品碗裡，拿走了一小塊肉往嘴裡放。

「好吧！我們一人一半吧！」小光笑著，便把一半的雞腿分給了小蝶。

隔天早上，阿振及阿文跟村長談過之後，他們就一起幫阿石一家人，找到一個可以暫時居住的地方，也幫他在漁港找到搬貨的工作。

小光穿著紅色的斗蓬披風和新紅鞋，跟著爸媽到阿公家拜年。

「阿公，阿嬤，新年快樂，恭喜！恭喜！」小光開心地向阿公阿嬤拜年。

「小光今天好漂亮啊！」阿嬤說著。

「謝謝阿嬤！」小光開心的說著。

阿公拿著手裡的紅包，看著小光說：「那妳還要說什麼啊？」

「阿公，恭喜發財，紅包拿來！」小光雙手握在胸前，跟阿公鞠躬說著。

「這麼直接啊！」阿公說著就把紅包給了小光，其他孫子也都跑過來。

「阿公！阿公！恭喜發財，紅包拿來！」大家爭著要跟阿公拿紅包。

小光也跟爸媽到隔壁阿文叔叔家拜年。

「叔叔，阿姨，恭喜發財，新年快樂！」小光跟阿文叔叔及阿玲阿姨拜著年。

「哇，小光今天好漂亮哦！怎麼感覺好像一下子就長大了。」阿文叔叔邊說邊給小光一個紅包。

「謝謝叔叔！」小光點頭微笑著。

小宇走了進來，他睜大一雙眼睛，一直盯著小光看著。

「小宇！小宇！」他媽媽阿玲叫著他。然後向他示意的，往阿振和玉環的方向看去。

小宇不好意思的看著阿振和玉環說：「叔叔，阿姨，新年快樂！」

「你還要說，恭喜發財。」小光小聲地說。

小宇轉過頭看著小光，皺著眉頭說：「什麼？」

「恭喜發財，恭喜發財。」小光張大嘴小聲的說。

「哦，哦，」小宇點點頭，然後看著阿振和玉環說：「叔叔和阿姨，恭喜發財。」

「謝謝。」阿振微笑說著，便從口帶裡拿出了一個紅包給小宇。「也祝你今年學業進步。」

「哦！這個他很需要。」阿文笑著說。

「你們小光又會讀書，又如此懂事可愛，如果將來長大，能給我們小宇當媳婦，就太好了！」阿玲滿臉笑容的說著。

「好啊！好啊！你們小宇充滿正義感，心地善良，一直都很照顧我們家小光。如果他們長大有這個緣分，我是樂見其成啊！」阿振開心的說著。

小光滿臉通紅，不好意思的笑著。

「妳的臉怎麼那麼紅？」小宇問著，「我有說我一定要娶妳嗎？」小宇逗著小光。

「你……怎麼這樣子。」小光說著伸手打了小宇。

小宇馬上跑開了，且邊跑邊說著：「妳打不到！打不到！」

「我打的到你，不要以為我追不到你！」小光在小宇後面邊追邊叫著。

「你們看看，還真是兩小無猜。」阿玲說著。

爸爸媽媽們邊笑邊看著，跑來跑去的他們。

「天宇及小光，就是宇宙裡的一道光。你們說，這名字是不是配得真好啊！」阿文笑著說。

「對啊！配的真好！」阿振說著微笑的看了玉環，而玉環雖然微笑著，但卻若有所思地看著小光。

第二十三章
當小鳥還是歌手？

　　過年後，春假也結束了。大家都在趕著寒假作業。而小光很期待著上課，因為她又可以練風琴了！

　　「小光，妳什麼時候可以表演彈琴給大家聽啊？」老師微笑地問著。
　　「我還沒有準備好，可以再給我一些時間嗎？」小光緊張的回答著。
　　「不要緊張，妳盡力就好。那麼，再兩星期好嗎？」老師微笑著。
　　「好的。」小光點頭著。

　　雖然已經是春天，可是還是常常下雨，大家都沒有心情上課，所以老師會用遊戲，來提起大家學習的動力。有時他們會玩「老師說」換位子的遊戲。

　　這個遊戲讓大家很興奮又緊張，大家先猜拳，輸的人就當老師，然後由老師發出指令。大家坐在一個用椅了圍起來的圓圈，當老師發出指令有「老師說」三個字時，大家就要遵照老師的指令。但是，若無「老師說」三個字，則不用遵循指令。在老師所發出的指令中，只要違反前面的規定，就會被淘汰。當

老師的人下完指令後，也要加入遊戲跟大家搶位子。沒搶到位子的人，就當下個老師。而且在每次遊戲中，會拿掉輸家的椅子，玩到最後坐在椅子上的人，就是贏家。例如：「老師說，沒穿黑襪子的人。」而沒穿黑襪子的人就要起來，跟其他沒穿黑襪子的人換位置。這個遊戲讓大家非常專心及興奮，所以遊戲完後，大家都很有精神上課。有時甚至太興奮了，大家就你一句，我一句很難靜得下來，老師就會叫同學輪流起來唸課本或是唱歌。

「小光，今天妳就表演彈風琴和唱歌好嗎？我們已經等很久了喔！」老師微笑的說著。

小光緊張的轉過頭，看著坐在後排的小宇。

小宇對小光點著頭，且輕聲說著：「加油！妳可以的！」

小光點點頭，然後走過教室，到了風琴前面坐了下來。她的小手指們放在白鍵上面，深吸了一口氣後，她開始彈著琴鍵。她輕輕的唱著歌，唱著，唱著，她也不緊張了。聽著小光輕柔的歌聲，整間教室也都安靜了下來，就有如在海邊上冥想課一樣，大家閉著眼睛，臉上帶著微笑。

「阿振，你的頭最近感覺如何？」在床上側躺在阿振手臂裡的玉環關心的問著。

「好很多了，尤其是只要小光唱首歌給我聽，我就好很多，人都變得很輕鬆。」阿振說著。

　　「對啊，每次她一唱歌，瑪莉就非常安靜的躺著。」玉環笑著說。

　　阿振轉過身，用手指輕點著玉環的鼻子微笑著，「我們女兒真的愈來愈會唱了，就跟她媽媽一樣。」

　　「我女兒啊，當然像我。」玉環很自豪地說著。

　　阿振眼神認真的看著玉環，「有件事，我一直想問妳。」

　　「是不是關於我們女兒的事啊？」玉環微笑著。

　　「所以，告訴我，是不是我們家的女兒都跟妳一樣？」阿振好奇地問著。

　　「她們是我女兒，當然跟我一樣啊。」玉環笑著。

　　「那為什麼我從來沒有發現，小茹、小蝶跟一般人有什麼不一樣的地方？」阿振問著。「小光也是因為妳生病，我才知道。」

　　「她們每一個都有她們的天賦，但不是有超能力就比一般人特別。」玉環說著，「小光確實是有受到月婆很多的關照，我也在觀察中。」她若有所思地想著。

　　「所以我們的女兒，不是每個跟妳一樣，都有超能力？」阿振很驚訝地問著。

　　「與其說超能力，倒不如說天賦的能力。」玉環語重心長的說著。「小茹跟小蝶，都各有她們的才

能。坦白告訴你，其實我還蠻開心的，她們沒有遺傳到太多的特殊能力。特殊能力強的人，相對他們的人生也就比較辛苦。」

阿振握著玉環的手，充滿愛意的看著她，「我知道，妳為了我，放棄了很多。」

「一切都是我自己選擇的。」玉環微笑的摸了摸阿振的臉。「倒是小光，我必須要更加注意她。她所擁有的潛力有多強，我還看不出來。」

「玉環，不用擔心。小光是我們的女兒。只要她想做的，我都會盡全力支持她。要是有人敢給她麻煩，先看我拳頭再說。」阿振說著便舉起了拳頭。

「你都幾歲？還跟年輕人一樣，什麼拳頭？」玉環笑著。

阿振抱緊了他懷中的玉環，滿足的笑著。「妳不就是喜歡我這種，愛幫人打不平的個性，才跟我在一起的？」

「對，對，你說的都對。」玉環笑著，然後她拍拍阿振的手，「但是就不要用拳頭。」

「各位同學，我們今天的作文題目是，你將來要做什麼？」在講台上的老師說著。

小光心想，我當然要當小鳥啊，可以自由自在的飛啊。小光好開心地寫了好多，當小鳥後她可以做

的事，然後很滿足的交給老師。小光心想，老師一定
會覺得她寫的很棒。可是，隔天到學校，老師把打完
分數的作文給小光。小光一看69分！小光心想怎麼可
能！她一般都拿到90分以上。

　　老師看到小光難過的臉，便把她叫到旁邊。

　　「小光，妳是不是沒有專心的聽？」老師溫柔的
問著。「我要妳寫的是，妳將來長大要做什麼？」

　　「我有寫啊，我要當小鳥。」小光堅持著。

　　「沒有人可以當小鳥的。妳可以寫妳要當護士、
老師、律師，但是，不是小鳥。」老師分析著。

　　可是小光不服氣。「可是老師，您說我們長大
要做什麼都可以，只要不去做傷害別人的事。我當小
鳥，沒有傷害人。」

　　老師皺著額頭，「小光，我們是人就是不可以當
小鳥。」看著難過的小光，老師耐心的說著：「如果
妳要重寫一遍，老師可以再給妳一次機會。」

　　眼眶泛著淚的小光，低著頭說：「好。」

　　老師微笑的摸摸小光的頭，「妳一定可以寫得很
好！」

　　下課的時候，有兩個小女生來到小光身邊。

　　「妳平常那麼會考試，我以為妳多聰明。哪有人
可以當小鳥？」一個女生揶揄的笑著。

　　「對啊，妳有翅膀嗎？妳怎麼飛啊？」另一個女
生大笑著。

小光不服氣的說：「我只是寫下我的夢想，不行嗎？」

　　「所以，妳長大要當一隻鳥，飛在天空？哈……哈……哈……怎麼那麼笨，真是愛幻想。」小女生取笑著。

　　「我才沒有，我……」小光解釋著。

　　「妳，妳什麼？」另一個小女生插斷她的話，「妳是卡通看太多了，那麼傻！」兩個女生大笑著。

　　「我們走吧！跟這隻笨鳥講不通的。」頭一個女生說著，便拉著剛剛說話小女生的手。兩個女生邊走邊笑的，離開了沮喪的小光。

　　媽媽看著站在大門口，盯著天空看著，悶悶不樂的小光。

　　「怎麼了？是不是在學校被老師罵了？」媽媽溫柔地問著。因為媽媽知道，小光最在乎老師的評語。

　　小光轉過頭來，「媽媽，為什麼我不能當小鳥？」她有些難過地看著媽媽。

　　「哦！為什麼妳要當鳥？」媽媽好奇的問著。

　　「因為可以要去哪裡就去哪裡，好自由。」小光微笑著。

　　「妳是不是很想出去玩，不想上課啊？」媽媽逗著她。

「沒有，媽媽。」小光解釋著，「我只是想飛。就像在夢裡，飛去找月婆婆一樣。好好玩！」小光閉上眼睛微笑著。

「小光，媽媽也很喜歡，那種飛在天空很自由的感覺。而且，不只媽媽，哥哥、姊姊都喜歡。我相信連妳爸爸也喜歡。」媽媽微笑著。

「真的嗎？所以我並沒有寫錯。」小光興奮的說著。

「寫錯什麼？」媽媽不解的問著。

「老師要我們寫，將來長大要做什麼。我寫小鳥，老師就說我寫錯了。」小光沮喪的低著頭說。

「原來是這樣。」媽媽說著，然後她的手抱著小光的肩膀，「小光，媽媽相信每一個人都有他們的夢想。媽媽知道，當一隻在天上快樂飛的小鳥，那是妳的夢想，對不對？」媽媽溫柔地問著。

「嗯！」小光點著頭。

「但是，我們是人，我們沒有翅膀，對不對？」媽媽說著。

「嗯！」小光再次點著頭。

「所以老師希望知道，變成大人的小光，想做什麼樣的工作。而當小鳥，就不是一個工作。」媽媽說著，「再說，我們沒有翅膀，就不能飛啊。」媽媽覺得，自己必須這樣的先去跟小光解釋。

「媽媽，我懂了。原來老師是問我，將來要做什麼工作，不是我的夢想。」小光好像懂了似的說著。

「但是，工作也可以是妳喜歡做的事情。」媽媽說著。「有些人喜歡畫畫，就當畫家。有些人喜歡幫別人打抱不平，所以去學法律，當律師。他們賣畫、賣服務賺錢，養自己及家人。所以小光，除了在天上飛，妳還喜歡做什麼呢？」媽媽引導著小光。

　　「我喜歡唱歌！」小光開心地回答。

　　「那妳可以當一名歌手啊！」媽媽笑著。

　　「對！媽媽，我將來可以當歌手。我可以唱歌給生病的人聽。」小光興高采烈的說。

　　「為什麼要給生病的人？」媽媽好奇的問著。

　　「因為爸爸頭痛的時候，就叫我唱歌給他聽，他就好很多了。」小光笑著。

　　媽媽好像發現了什麼，滿臉笑容跟小光說：「這麼棒！那也許，小光可以用歌聲去幫助人。」

　　「對！媽媽，我要去重寫我的作文了。我要當一個可以用歌聲去幫人的歌手！」小光開心地笑著。

　　她馬上跑到房間坐在書桌前，拿起筆開始寫著。

第二十四章
小光上山採野草莓

　　自從媽媽告訴小光，將來長大可以當一名歌手，此後只要小光在家，家裡就可以聽到她那輕柔的歌聲。剛開始，姊姊對她不停的唱著感到很煩，所以就會叫小光不要唱了。可是有天，姊姊因為月考而感到非常緊張，沒有辦法專心讀書的時候，小光的歌聲，居然讓緊張的姊姊靜了下來。

　　「媽媽，小光的歌聲真的愈來愈好了。」小蝶說著。

　　「嗯，媽媽也有注意到。」媽媽點著頭。

　　「也許等她大一點，可以去歌唱比賽。」小蝶笑著。

　　「也許哦！」媽媽開心的說著。

　　現在已經是初夏了，天氣愈來愈溫暖了。山坡上長滿了野草莓。小光好開心的跟小宇，到山上採野草莓。

　　「終於可以來了！」小光興奮地看著滿山坡的紅色草莓說著。

　　這是小光第一次，在沒有爸媽的陪伴下來到山上。小光覺得自己長大了。

「妳要看路，注意有沒有蛇。」走在彎曲小徑上的小宇提醒著。

「蛇，真的嗎？」小光有點緊張的左右看著。

「所以要看路，不要只看著野草莓。就是小心一點。」小宇說著，便彎下腰開始拔著路旁的野草莓。

「嗯！」小光應著，也開始拔著野草莓。很快地，她的手指都沾滿了紅色草莓汁。她的紅色手指，拿了一顆草莓放進嘴裡，「好好吃，好甜哦。」她滿足的邊吃邊說著。

看著嘴上、手上沾著了紅色草莓汁的小光，小宇笑著。「這麼好吃哦？」他說著，也拔了幾顆開始吃著。

「是不是很好吃？」小光邊吃邊說著。

「嗯。還真不錯！」小宇點頭笑著。

他們很開心的邊拔邊吃著。突然間，小宇的肚子感到一陣疼痛。他摸著肚子，皺著眉說：「小光，我先去找個地方方便一下。」

他很快的跳過草叢，跑到樹後面。

「哥哥，你還好嗎？還痛嗎？」小光叫著。

「我沒事。」小宇在樹後面叫著。

不一會兒，他從草叢走出來，「小光，我看還是先不要吃這些野草莓，回家洗一洗再吃。不知道有沒有蜘蛛爬過。」小宇邊說邊走回小光的方向。

「哥哥，不要動。」小光張大眼睛叫著。

「幹嘛？怎麼了？」小宇停下了腳步。

小光用手指著，他前面草叢旁的一條約半公尺長的綠蛇。那條蛇吐著舌頭，停在路邊……

　　小宇跟小光都摒住了呼吸，不敢動。只見那條蛇，慢慢的爬向小宇的方向。小宇想找石頭或樹枝，但是都離他太遠。這時的小宇已經緊張到滿身大汗。

　　「哥哥不要動，媽媽說看到蛇不可以動。」小光揮著手輕聲的說著。

　　小宇緊張的看著她，小聲的說：「那我就站在這裡給牠咬嗎？」

　　「ㄏㄨㄨㄨㄨㄨㄏㄨ……。」小光開始哼唱著。

　　突然間，那條蛇停止爬動，牠回頭往小光方向爬去。

　　「小光，妳在幹嘛？」小宇訝異的看著小光。

　　小光繼續哼唱著：「ㄏㄨㄨㄨㄨㄨㄨㄨㄏㄨㄨㄨ……」

　　那條蛇停在小光前面一公尺處，整個身體躺在地上，一動也不動。小光邊哼著歌，邊用手指示著小宇可以繞過來了。

　　小宇摒住呼吸，很小心的繞過那條蛇。他牽起了小光的手，快速的往下山的路上跑去。

　　「妳剛剛在幹嘛？那樣很危險。」小宇既困惑又好奇的看著小光。

　　「我也不知道。我在想，每次我唱歌，瑪莉都很安靜，乖乖不動。所以我想試看看。」小光說著，「你看，有效啊！那條蛇都沒有動，好像睡著了。」

她開心的笑著。

「妳是幸運啦！這又不是卡通影片，妳是卡通看太多了。」小宇皺著眉搖頭笑著。

「好啊，那是誰救了你？」小光挑著眉毛問著。

小宇一手拿著裝著野草莓的袋子，另一手摸摸小光的頭說著：「對啦，妳啦！神力女超人！」

「就說嘛，我有神力啊！哈哈哈！」小光驕傲的說著。

「妳就是愛幻想。」小宇笑著便從袋子裡，拿出一些野草莓。「這些給妳。剛才妳應該沒有拔到多少吧？」

小光看著自己袋子裡的幾顆野草莓，「哥哥，謝謝。」小光開心的把小宇手中的草莓放在她袋子裡。

「小光，我過一星期，就要去練棒球了。」小宇說著。

「很好啊，你要去比賽嗎？」小光問著。

「是的。我要去本校訓練兩個月，到比賽完才回來。」小宇說著。

「那麼久哦！那我都看不到你了。」小光嘟著嘴巴，不開心的說著。

「所以妳以後，不要自己一個人來山上，知道嗎？」小宇關心的說著。

小光點頭微笑著，「我不會自己來，我要跟你一起來，我等你回來。」

「我知道，妳自己也不敢上來啦！」小宇逗著。

「我可以啊！我才不怕呢！」小光很有自信的說，「你看，我剛剛都不怕蛇。哪像有人，都嚇出了一身汗哦！」她笑著。

「好啊！那以後玩遊戲，妳就不用再跟我同一國了，我也不用再保護妳了。」小宇板著臉逗著她。

小光拉著小宇的衣角，撒嬌的說著：「哥哥，你不要生氣啦！我一定不會自己上山，可以了吧？」

「好吧，就看在妳剛剛幫我的分上，我就繼續讓妳和我同一國。」小宇笑著牽起了小光的手，一起走下山坡。

少了小宇的陪伴，小光覺得時間過得好像比以前長，也比較無聊。她除了上課外，就會和鄰居同學們玩捉迷藏、跳格子、跳繩的遊戲。但是因為她的個子還是比其他同學小一些，而且沒有小宇在一旁的幫忙，她經常玩輸人家，常被罰當鬼。

小光在學校的第一年裡，除了功課很好，也當選了模範生。老師都很喜歡小光，所以有些同學很嫉妒她。尤其在發成績單後，小光爸爸會到雜貨店前跟鄰居們說：「我女兒又考第一名了！」

這讓其他同學，在他們爸媽前感到好沒面子。但是小光爸爸，從來沒有在小光前面，大肆的誇獎她。他會跟小光說：「很棒，繼續加油！」所以小光都不

知道這件事。直到有天，這些嫉妒她的同學，找她玩
捉迷藏，這才是小光噩夢的開始。

第二十五章
遊戲變噩夢

「小光，這次妳當鬼。現在臉對著牆壁畫圓圈的地方，眼睛閉起來，數到50才可以睜開。」一個年紀大小光兩歲的女孩指示著。

「1、2、3、4、5、6、7、8、9、10、……45、46、47、48、49、50。我要抓你們了！」小光興奮的叫著。

包含小光，總共有10個小朋友玩捉迷藏的遊戲。他們年紀都比小光大，每次小光抓到一個人，另一個人就比小光還快地，跑到牆壁畫圓圈的地方，一邊把手放在圓圈裡，一邊喊「捉鬼」，小光就輸了，就要再當鬼一輪。因為她沒有辦法跑贏其他小朋友，所以，也沒有辦法抓到所有人。就這樣，星期一到星期五，小光就一直不停當鬼。很多次，她說她不要玩了，可是，那些調皮壞心眼的鄰居同學就說：「不行，妳沒有抓完，要繼續當鬼，繼續玩遊戲。」

小光心裡非常憤怒，可是，又沒有其他的方法可贏這個遊戲。因為這就是遊戲規定，除非大家都不想玩了。小光痛苦地過了一個月，她有想過跟家裡的人講，可是又怕會被同學取笑。小光不想當弱者，所以她一直忍著。可是，現在這件事已經讓她很不快樂，上學也變成了壓力。小光很想小宇，如果他在，就沒有人敢欺負她。

小光戴上神奇的髮簪，希望髮簪仙女能像上次一樣出現來幫忙她。盤腿坐在地上的小光，閉上眼睛，試著把心靜下來。但是，她一直想到那些壞同學的臉，心裡愈想愈生氣，髮簪仙女也一直沒有出現。小光心想，怎麼辦？現在我只能請月婆婆幫忙了。

　　到了晚上，家人都睡了。小光悄悄的跑到庭院，向著天上的月亮說著：

　　「月婆婆，可不可以請您幫我一個忙，我實在想不出辦法，可以結束這個討厭的捉迷藏遊戲。我遵守約定繼續當鬼，可是那些同學都不願意放過我。我一個人，實在沒有辦法一次抓那麼多人。請您幫幫我，想一個辦法，把他們一次都抓起來。我拜託您，月婆婆，幫幫我，我的頭都想到痛了。拜託！拜託！」小光泛著眼淚雙手合十在胸前。

　　而這時站在門後面的小蝶，看到了在月下流著淚的小光。

　　「小光，遇到困難了？」月婆婆慈藹的看著小光。

　　小光點點頭。

　　「妳說的話，月婆婆都聽到了。」月婆婆說著。

　　「那請您幫我！求求您！月婆婆。」小光眼眶含淚的求著。

「明天妳去跟那些小朋友說，叫他們晚上玩遊戲。」

「晚上？可是很暗耶。」小光好奇地問著。

「妳不要擔心，照著我說的去做就可以了。」月婆婆笑著。

「好的，謝謝月婆婆！」躺在床上的小光，眼睛閉著，嘴角上揚微笑著。

✧　　　✧　　　✧

到了下課的時候，小朋友們圍著小光，用著非常調皮的口氣說：「捉迷藏的時間到了！」

「我們改今天晚上好嗎？我要幫我媽媽做家事，要不然她不讓我出來玩。」小光說著。

「哪有這回事？妳說到要做到，怎麼可以改時間。」一個小男孩手插在腰上說著。

「拜託！是我媽媽要我回去幫忙，否則我就不能玩了。」小光懇求著。

「好吧，晚上7點，等月亮出來，我們在這裡集合。」一位較大的女生說著。

「好，謝謝妳。」小光點頭笑著。

「她真的很笨，白天都抓不到我們了。晚上那麼黑，她能抓到誰？」「我看她就是注定要一直當鬼了。」「哈！哈！哈！」同學們在小光背後取笑著她。

而小光心裡則一直向月婆婆祈求著。「等一下晚上，您一定要幫我，月婆婆！」

　　晚飯後，小光和村裡的鄰居同學，回到學校集合的地點。月亮也漸漸出來了。

　　「1、2、3、4、5、6、……48、49、50。我要來抓你們了！」小光說著。

　　「蚊子怎麼這麼多？好癢哦！」一位小女生說著，「打死你！打死你！你還敢吃我的血！」啪！啪！啪！

　　在她不注意的時候，月光指引著小光抓到小女生。

　　「那麼多的螢火蟲，抓幾隻回家做燈籠。」一個小男生正在抓螢火蟲的時候，就被小光找到。

　　呱！呱！呱！「死青蛙，叫什麼叫，閉嘴！等一下被小光發現！」只見幾隻青蛙往另一個小女生身上跳。「啊！走開，走開！」小女生叫著。

　　小光聽到了她的叫聲，也抓到了小女生。

　　就這樣，一個又一個，小光全部都抓到了。小光好開心！她可以不必再當鬼了！

　　隔天在學校。

　　「妳耍詐！妳要我們晚上去玩捉迷藏，讓我們給蚊子咬。所以我們不專心，才會輸妳。」「耍詐！這樣不行，妳必須今天下課繼續當鬼。」同學們你一句我一句，很不客氣的說著。

「可是，我按照規定抓完了所有的人。你們怎麼可以變來變去，不照規定玩？」小光不服氣地說。

「是妳耍陰險，我們才輸的。」一個小女生手交叉放在胸前說著。

「你們怎麼可以這樣？不公平！我都當鬼一個月了。現在也抓完所有人了，我不要再當鬼了！」小光急得眼眶都泛淚了。

「那好，大家來投票，這樣公平吧？」一位中年級的女生說。

「為什麼要投票？我已經抓完所有人了。」小光很不服氣地說。

「妳說要公平，大家來投票最公平。」那中年級的女生，一副要吃定小光的樣子說。

結果，超過半數的人，要小光繼續當鬼。

隔天下課的時候，小光帶著憤怒不甘的心情面對著牆壁數著：「1、2、3、4、5、……49、50，我要來抓你們了！」

躲起來的小朋友們，都暗暗的偷笑著。結果一小時後，小光還是沒有抓到人。難過又生氣的小光，不自主的眼淚就流下來了。

「愛哭鬼，喝涼水！今天抓不完，明天再抓吧。」「但是，沒有晚上的捉迷藏哦，先告訴妳！」小朋友們，你一句，我一句的取笑著。

「小光，這麼晚了，妳還不回家，還在玩。」小蝶突然出現說著。

小光支支吾吾的，「我……我……」

「怎麼樣？我妹幾點回家，是由你們控制的嗎？」小蝶很嚴厲的，對那些小朋友說。「你們不要以為，我不知道你們是怎樣對待我妹的。這個遊戲到此為止！有誰敢叫我妹當鬼的，先過我這關再說。」小蝶瞪著他們。

小朋友們有些害怕的看著小蝶。

「怎麼還不走，還有什麼問題嗎？」小蝶瞪大眼睛問著，「要不要我去跟你們的爸媽說，你們下課不做功課還在玩！」她威脅著。

「有啊，我們有做功課。妳不要以為妳年紀大，就可以欺負我們年紀小的。」一個中年級的女生說著。

「誰欺負誰？你們是真的要我去跟你們的爸媽說，是嗎？」小蝶生氣的說。

「好啦！好啦！我們回家了。」一個男孩拍著中年級女生的肩膀說著。

大家一個個，心不甘情不願地離開了。

「二姐，謝謝妳！」站在大廳的小光感激的說著。

「妳哦……」小蝶嘆了口氣。「在家像隻老虎，在外面就像隻小貓。別人欺負妳，妳要打回去啊！打

不贏，就回家講嗎。」小蝶有點生氣的說。

「我知道了！」眼眶裡泛著淚的小光說著。

「好了，沒事了。」小蝶說著。

小光跑過去抱著姊姊哭著。

小蝶輕拍著小光的背。「好了，沒事了，不要哭了，去洗個澡吧。」小蝶邊說邊用手擦著小光的淚。

在姊姊懷中的小光，感動的眼淚直流著。

「等一下爸媽看見，會以為我欺負妳了。還是妳要我告訴他們，學校發生的事？」小蝶逗著。

小光放開了抱著姊姊的手，認真的說著：「不！不要！我不要他們擔心我，我以後一定會更勇敢的。」

小光心裡想著，有姊姊真好。可是，再過不久，姊姊也要離開家去外地讀書了。想到這裡，小光心裡有點難過。因為就沒有人跟她跳舞，一起看卡通，也不能再騎在姊姊背上游泳。小光要自己一個人了。

第二十六章
小光會飛了（1）

小宇回來了，小光好開心！！

「小光！小光！妳準備好了嗎？」小宇在門外叫著。

小光拿著一個空的大塑膠米袋走出了門說著：「嗯，我們走吧！」

他們邊聊著天，邊往海邊的路上走去。

夏天的時候，海邊有很多被曬乾的漂浮木。村裡的爸媽們，就會叫他們的小孩去海邊撿一些小的乾浮木和乾樹枝回來，給大爐灶生火用。而大爐灶，是用來做小光最愛吃的粿、年糕。所以，小光要撿很多的乾浮木，給媽媽做粿和年糕。小光跟小宇，在夏天的傍晚，有時就會一起去撿。他們會比賽，看誰先撿完一個米袋。

雖然袋子愈來愈重，小光不覺得累，她覺得很有成就感。

「小光，妳可以拿回家嗎？撿那麼多。」小宇邊說邊搖頭。

「我可以的！」小光努力的拿起裝滿乾木樹枝的袋子，很自信地說著。

「小心一點，我看那袋子都要破了。」小宇說著。

「沒有問題的！」小光開心的邊撿邊說著。

看著裝滿浮木的米袋，都已經跟她肩膀一樣高了，小光滿足的笑著。她看了一眼在一旁打著哈欠的小宇，笑了笑，她問著：「哥哥，我們去玩跳石頭好嗎？」

「好啊，我正覺得有點無聊。」小宇說著，便跟小光放下手上的袋子，往石頭區走去。

小光跟小宇來到了石頭區，她真的好開心小宇回來了。他們坐在石頭上，看著大海。她跟小宇說捉迷藏的事，小宇很生氣。

「妳怎麼總是傻傻的！」他又氣又疼惜的說著。

小光聳聳肩。

「那些混蛋，我明天去學校，看我怎麼修理他們！」小宇很生氣的握著拳頭。

「哥哥，沒有關係，我以後不會讓他們有機會欺負我，我不會再那麼笨了！」小光看著小宇認真的說著。

「怎麼？突然長大了，不用我幫忙了？」小宇皺著眉。

「哦，不是啦。」小光搖著頭，「他們人那麼多，而且本來就是遊戲的規定。」

「好了，不管怎樣，我一定會找機會修理他們。大欺小我最討厭了！」小宇說著便拉起了小光的手，「走，我們去跳石頭！」

小光微笑的站了起來，她掙開了小宇拉她的手，往前一跳。

「哇！小光，妳是不是自己有偷偷跑來練習啊？」小宇驚訝的看著一次跳過兩個石頭的小光。

「哦！沒有啊！」小光說著，但是自己也嚇了一跳。

他們繼續地跳著。小光只覺得自己的身體很輕，好像只要輕輕地跳一下，不用出力就可以跳很遠。

「邵小光！妳不要騙我哦……妳到底來這邊練了多少遍？妳怎麼有辦法跳那麼遠？」小宇不敢相信他看到的。小光不僅可以跳得遠，而且都不會累的感覺。她看起來就像在飛一樣。

「我沒有啊！哥哥，你看，我現在一定可以跳贏所有的人！」小光開心的跳著。

小宇張大眼睛、掉著下巴的看著，一次可以跳過三個石頭的小光。

拿著裝滿乾木樹枝的米袋，小光和小宇走在回家的路上。

「小光，妳告訴我實話，妳怎麼有辦法跳那麼遠，那麼高？」小宇看著矮他快一顆頭的小光問著。

「哥哥，我也不知道。我自己也嚇一跳。」小光聳著肩說著。

「所以，妳真的都沒有練習？」小宇懷疑的問著。

小光搖搖頭。

「妳媽媽最近有給妳吃什麼補品嗎？」小宇仍不

相信的問著。

「吃補品？沒有啊。」小光說著，忽然間她想到珍珠女孩，給她喝的水。

「對了！我有喝……。」這時小光又想起媽媽說，不能跟任何人說有關珍珠女孩的事。

「喝……喝什麼？」小宇好奇的問著。

「喝……喝……喝羊奶。」小光支支吾吾地說著。

「我就知道，妳一定有吃什麼。」小宇笑著說。

小光鬆了一口氣笑著。

忽然間他的臉色變了，他懷疑的看著小光，「妳不是討厭羊奶嗎？」

小光深吸了一口氣，然後假裝鎮定的說著：「對啊，我是不喜歡。可是媽媽說，喝羊奶我可以長得更高。我一直想長高，你知道的，對不對？」

「嗯。」小宇點頭想著。

「所以真的是羊奶？那麼厲害？」小宇皺著額頭問著，「那我也要來試試，看我打棒球會不會更有力。」他笑著。

「對啊，哥哥你可以喝喝看！」小光鬆了一口氣說著。但是心想，難道是隱形島上珍珠女孩給她喝的水的關係嗎？

隔天傍晚，小光和瑪莉在庭院大樹下玩球。小光把球丟到樹下，瑪莉就會去撿回來。他們就這樣重複玩著。一不小心，小光把球丟得太高，就卡在樹上。

只見瑪莉一直往樹上跳，球也沒有掉下來。小光拿石頭丟著在樹上的球，因為卡得太緊，所以也打不下來，小光決定爬上樹去拿。但是，由於第一個可以抓到的樹幹離小光太遠，她就到屋裡搬了張椅子，方便她爬了上去。

站在樹幹上的小光，踮著腳，要拿卡在上面樹幹中間的球。試了好幾次，終於摸到了球旁邊的樹幹。她用力一抓，在她手中的樹幹居然斷了。她重心不穩，整個人連球一起往下掉。但是不知為什麼她覺得整個人好輕，就跟她在夢裡飛的時候一樣。於是她就輕輕的一跳，把在空中的球抓住，人也就輕輕得落下，雙腳站在地面上。一旁的瑪莉，一動也沒動的，看著從樹上飛下來的小光。

「我在飛嗎？」八歲的小光，興奮又訝異的自言自語著。

第二十七章

小光會飛了（2）

　　「媽媽，您看！我拔了好多的芭樂哦！好香！好好吃！」小光興奮的邊說，邊把袋子裡的芭樂拿給長髮披肩的媽媽看。

　　「哇！這麼多的芭樂。真的很香！」正在廚房洗菜的媽媽微笑著。

　　「媽媽，芭樂樹爺爺，今年長好多的芭樂！」小光說著便拿了一顆到媽媽嘴邊，「媽媽您吃一顆。」

　　「謝謝，但是還是先洗一下再吃。」媽媽說著便把芭樂拿去洗。

　　「小光，怎麼有那麼多黃色成熟的芭樂？我昨天看還有很多綠色的。」媽媽邊說邊把洗好的芭樂，放在大盤子裡。

　　小光拿起芭樂邊吃邊笑著說：「哦……他們都藏在樹的最上面。」

　　「樹的最上面？那妳怎麼拔得到？」媽媽好奇的問著。

　　「媽媽，我……用飛的。」小光開心的上下揮動著雙手說著。

　　「妳會飛？」媽媽皺著眉看著小光。

　　「媽媽，真的！我飛到樹上才拔到的。」小光點頭認真的說著。

　　媽媽看了一下四週，確定窗外沒人後問著小光，

「那，小光，妳可以示範一下，飛給媽媽看看嗎？」

「好啊！」只見小光輕輕往上一跳，人就懸在空中。

「媽媽，我要飛了哦！」小光邊說，邊開心的在廚房來回飛著。

「媽媽，我是不是很棒？我會飛了，跟小鳥一樣。我要跟老師說，我們人，也可以飛哦！」小光很得意的邊說邊飛著。

媽媽非常驚訝的看著小光。

「小光，妳先下來。」媽媽說著。

小光落在媽媽的身邊。

媽媽伸出雙手握著小光的手。「小光，媽媽告訴妳，妳會飛這一件事，絕對不可以給任何人知道。」媽媽很謹慎地說著。

「為什麼？」小光皺著眉。「我要告訴那些笑我的同學，他們錯了，我沒有幻想，我真的能飛了！」她堅持著。

媽媽伸手握住了小光的手，「小光，一般人都不能飛，媽媽怕其他小朋友，會嫉妒妳這麼厲害。所以我們先不要給任何人知道或看到妳的新技能。」媽媽試著解釋及安撫著固執的小光。

「技能？」小光不懂的問著。

「像妳會彈風琴，就是一個技能。」媽媽說著。

「哦！媽媽我懂了。」小光笑著。

小光心想，有些同學好像真的在嫉妒老師讓她留

在學校練琴。

「所以，不可以去學校跟老師、同學甚至小宇說。」媽媽說著。

「那爸爸，姊姊呢？」小光問著。

「先不要跟他們說，媽媽會找時間再跟他們說。答應媽媽，一定不可以跟任何人說，好嗎？」媽媽帶著擔憂的表情叮嚀著。

「好！媽媽，您不要擔心。我不會跟任何人說。」小光肯定的說著。

「小光，記得，不要再飛到樹上拔芭樂，或者任何有人可以看到妳的地方飛。」媽媽很鄭重的說著。

小光嘆了口氣，沮喪的說：「哎……我終於可以飛，可是又不能飛……」

「那媽媽，我可以在家裡飛嗎？拜託！」小光懇求著。

媽媽想了想。「好吧，只能在家裡，而且都沒有人的時候。」

「好！」小光開心的跳著。

「什麼事，這麼開心啊？」爸爸雙手提著裝著魚的桶子，從外面走進來問著。

「爸爸，我們在說我會……」小光說著便馬上被媽媽的話停止。

「她說，她現在會彈風琴了。」媽媽看了小光一眼。

「對！對！我會彈風琴。」小光緊張的說著。

「很好，但是不用那麼緊張啊！」爸爸笑著。

「哦，我……我……就是，我先去寫功課好了。」小光吞吞吐吐的說著便跑走了。

「這女孩，今天是怎麼了？行為這麼奇怪？」阿振皺著額頭，然後懷疑又好奇的看著玉環問著：「妳們是不是有什麼事瞞著我啊？」

「哪有什麼事瞞著你？我想，她可能是緊張，老師要她表演彈風琴。」玉環假裝鎮定的說。

「表演啊！怪不得。她天性就容易緊張。」就在阿振說話時，一陣芭樂香吹來，他大口吸氣的聞著，「好香的芭樂啊！」

鬆了一口氣的玉環，指著她身後的一大盤芭樂。

阿振走到盤子旁，拿起了一個芭樂邊吃邊問著：「這麼多芭樂，誰拔的？」

「是小光。」玉環回答著。

「小光一個人這麼厲害。」阿振說著又拿起了一顆吃著。

玉環忽然想起小光飛的事，「是小光和我啦！」她笑著。

「嗯……今年的芭樂真香！」阿振滿足的吃著。

「對啊！」玉環鬆了口氣。她邊整理著桶子裡的魚邊問著：「今天的魚好像比較少。」

「對啊，我才要跟妳說。」阿振說著，表情也嚴肅起來了。「最近有外來的漁船，來我們的海域炸魚。大的小的都被他們炸掉很多。真是渾球！破壞了

整個海域的生態。恐怕以後我們這邊的魚，就會愈來愈少了。」阿振憤怒著。

「那怎麼辦？你們有沒有什麼應對的方式？」玉環擔心的問著。

「我和村長已經去報警了，但他們出現的時間和地點不定，所以我們必須有24小時巡邏的漁船，才有可能抓到他們。但是警察的人手有限，我們也必須找附近的村子，一起輪流派船巡邏。」阿振邊想邊說著。

「嗯。我也會跟鄰居們說，請他們多留意海面上的陌生船隻。」玉環說著。

第二十八章
婆婆出門了

　　村裡有個婆婆，常把自己關在家裡，大家說，因為她有精神病。她不喜歡和人接觸，除了出來拿菜或是拿郵件她才會出門。她自己一個人住在一個有著很大中庭的四合院裡。聽說她原本是個很快樂、熱心助人的人。可是，自從她的先生和小孩，在一次颱風天意外的過世後，她的脾氣就變得很古怪，有時還會無緣無故地罵人。所以，久而久之，大家就離她愈來愈遠。小光的爸媽，有次過年，要拿一些糕餅跟魚給她，都被她趕出來。即使如此，村裡的人，偶而還是會在她家的門口，放一些自己家裡收成的菜和橘子。

　　每年的夏天，都會有一群賣雜耍的人，來婆婆四合院前的大空地表演，並賣一些藥膏、化妝品、衣服、棉花糖等。今年也不例外，而且還帶了一隻猴子來表演。所以，今年除了小光村子裡的人來看，連隔壁村也來了很多人，好不熱鬧。小猴子跟著主人的指示，一會兒翻身，一會兒裝死，一會兒還踩著輪子，然後拿著帽子跟大家要錢。

　　「大家給點掌聲！給點賞吧！」賣雜耍的男人叫著。

　　大家一邊鼓掌，一邊丟零錢到踩著輪子的小猴子手上的帽子裡。

小光跟小宇開心地吃著棉花糖，看著小猴子的表演。

　　「那隻小猴子好可愛，也好厲害哦！」小光說著。

　　「對啊！比妳還厲害！」小宇邊吃著棉花糖邊說著。

　　「比我厲害？」小光挑著眉毛不服氣的問著。

　　「對啊！妳到現在都還不會騎腳踏車，那隻猴子都可以用它來賺錢了！」小宇笑著。

　　「對啦！你就會笑我。」小光嘟著嘴說。

　　小光的大姐小茹在15歲的時候，跟12歲的二姐小蝶，在一個下過雨的午後，庭院的地還很滑的時候，用著爸爸的大腳踏車，練習騎車。一不小心，小茹從車上跌下來，她一隻手的前手臂，就翻到後面。這把站在一旁看的5歲小光嚇壞了。

　　「妳不要動！」小蝶緊張的說著。

　　「我看過阿公幫人家整骨。」只見小蝶把小茹的手臂，很快地翻轉過來。

　　「啊！」小茹大叫了一聲。

　　「妳看都好了！」小蝶看著被她翻轉過來的手臂，很自豪地說著。

　　從家裡跑出來的媽媽，看到了這個景象，嚇了一

大跳。

「小茹，妳怎麼了？」媽媽擔心的問著。

「應該沒事，就是手臂往後翻。現在好像好了。」小茹拿著脫臼的手給媽媽看著。

媽媽很快的將小茹帶到阿公家，請會整骨的阿公看。阿公說，還好小蝶的即時幫忙，救了小茹的手。但是小茹手臂往後翻的那一幕，嚇壞小光了。所以到現在，小光還是不太願意去學騎車。

就在他們吃得很開心的時候，那小猴子跑過來，一把抓起小光的棉花糖就跑了。

「你不要跑！我才說你很可愛！不要跑！還我的棉花糖！」小光追在小猴子後面叫著。

而小宇跑在小光前面也叫著：「臭猴子，你不要跑！」

他們追著小猴子，小猴子一下子就跑到婆婆的屋頂。

「下來，下來！」小宇和小光叫著。只見牠往婆婆家的中庭一跳，小光和小宇擔心的互相看著。他們心想完蛋了，這下可麻煩了。

「啊——啊——啊——什麼鬼東西啊！」從四合院裡，傳來婆婆的叫聲。「你下來，下來啊！」婆婆叫著。

小光跟小宇跑到婆婆的大門口，透過門縫，他們看到小猴子爬到婆婆的身上。

「怎麼辦？要不要去叫爸爸媽媽？」小光緊張的說。

只見婆婆跑出了門，而小猴子正抓著婆婆的頭髮玩著。

小宇拿了棉花糖，指著小猴子叫著：「你下來，這給你吃。」

小猴子伸手要拿，可是還是不下來。

「都是你們這些人，在這裡辦什麼會啊！都給我滾開！」婆婆邊罵，邊跑到人群中。

大家被這突來的景象嚇了一跳。

「嗶——嗶——嗶——」小猴子的主人，吹著口哨跑了過來。

很快的，小猴子就從婆婆的頭上，跳到牠主人的手中。

「對不起婆婆，嚇到您了！」男人鞠著躬很真誠的說著。

「你們都給我滾！以後不准再來了！」婆婆大叫著，好像發瘋了一樣。

大家一一的離開了，小光的爸媽想要過去安慰她，也被婆婆罵開。「滾！都給我滾！」婆婆一邊罵，一邊哭。

「你們就會欺負我這個沒有先生，沒有小孩的女人。老天爺！祢怎麼不帶我一起走啊！」婆婆哭喊

著，她弱小的身軀不停地抽搐著。

「ㄏㄨㄨㄨㄨㄨㄨㄨㄏㄨㄨㄨㄨㄨ……。」一個優美的歌聲傳來。

婆婆轉過頭，看著站在她前方唱著歌的小光。慢慢的，她停止了叫罵，停止了哭泣，她靜靜地聽著小光的歌聲。小光走到婆婆旁邊，摸著婆婆流著淚的臉。帶著一抹微笑，婆婆說著：「妹妹，妳唱歌真好聽，再多唱一點給婆婆聽好嗎？」

小光微笑的點點頭，繼續唱著：「ㄏㄨㄨㄨㄨㄨㄨㄨㄏㄨㄨㄨㄨㄨ……。」

還在四合院前的人，也都被小光的歌聲吸引著，每個人都安靜下來。站在一旁的小宇，也安安靜靜地聽著。玉環看著沉醉在小光歌聲裡的阿振和在場的每一個人，她知道這是小光的另一個「技能」。

「媽媽，我去唱歌給婆婆聽。」小光放下書包，正要走出門說著。

「把這些橘子拿給婆婆。」媽媽拿了一小袋橘子給小光說著。

「嗯。」小光拿著橘子點著頭。

媽媽握著小光的肩膀說：「小光，媽媽要妳知道，妳做得很好，媽媽很以妳為傲。」

「謝謝媽媽！那我去了。」小光開心的說完，很

快地就出門。

　　自從小猴子的事件之後，小光就常常去婆婆家，唱歌給她聽。婆婆說，聽小光唱歌，心裡那份濃濃的的悲傷，都慢慢的沒有了，晚上也比較好睡了。所以小光放學後，只要有空，就會去唱歌給婆婆聽。婆婆的心情愈來愈好了，臉上也有了笑容，也不再罵人了。村裡的人都好高興，小朋友也不用害怕了。大家都說，小光以後可以當一名很出色的歌手，用她的歌聲去幫人。這讓小光更堅定，以後她一定要當一位很棒的歌手，到世界各地去唱歌的決心。

第二十九章
隱形島有難了

　　小光爸爸說，最近沒有聽到炸魚的聲音。原來那些人不只炸魚還毒魚，破壞了附近海域的生態。村子裡的人，大家都很生氣。因為這片大海，是大家維生的地方。靠著這片大海，大家才能生活，才能傳衍子嗣。沿海的捕魚人，對這片大海，是有無窮的尊敬，大家都知道不抓小魚、小蟹，保護這片海的自然生態，大家才有飯吃。現在大家都很生氣，希望趕快抓到這些炸魚的壞人。

　　小光爸爸和村裡的男人，忙著巡邏海上來的陌生船隻。所以村裡的氣氛變得有點緊張。老師在學校，也告訴所有小朋友，這種炸魚、毒魚的行為，會給大海造成多大的傷害。受到毒水毒害的區域，所有的生物如海綿、海草、螃蟹、貝殼類都會死亡。而發生在礁岩區海域的炸魚，已經不只是炸死了魚、蟹等生物而已，也傷及所有的礁岩。聽了老師的話，小光很擔心珍珠小女孩、烏龜公公，和蟹大俠、海草妹妹，以及隱形島上所有的生物。

　　晚上正要躺上床睡覺的小光，看到一陣亮光從書桌那邊發出。但是，這次就只有在書桌周圍發亮著。

坐在床邊的小光，看著窗外的半弦月，月光隱隱若若
的，透過雲層照著院子裡的大樹。小光耐心地等著大
海鷗來接她。不知過了多久，小光開始打瞌睡著。在
半夢半醒間，她聽到「歐──歐──歐──」的叫
聲。她張開眼睛，穿上外套，跑到庭院。很快地，她
坐上了大海鷗的大翅膀。

　　他們和上次一樣，飛過家前面的大海。可是，今
天海上好黑好暗，也沒有什麼月光。風呼呼的吹來，
小光把大海鷗抱得更緊了些。他們到了島上，卻沒有
什麼亮光，原來，所有發光的植物都生病了。而原本
在島四周發藍色光的海浪也不見了，整個島很暗很冷
的感覺。

　　「小光，妳來了！」珍珠小女孩臉色有點蒼白，
站在小光面前說著。

　　「小麗，妳怎麼了？妳生病了嗎？怎麼會變成這
樣？」小光擔心的問著。

　　「還不是那些捕魚的壞蛋，用毒毒死了很多我
們的朋友，破壞了整個海洋的生態，污染了我們的水
源。」珍珠小女孩又生氣又難過的說著。

　　小光很擔心的，握著珍珠小女孩的手問著：「那
妳沒生病吧？」

　　「我沒事！」珍珠小女孩說著，嘆了口氣，她
沮喪的著看著小光，「我只是好幾天沒有喝到乾淨的
水。」

　　「那我回去拿水給妳喝。」小光說著就跳起來飛

到空中。

「哇！小光妳會飛了！」珍珠小女孩開心的說著。

「嗯！我也是最近才會的。」小光笑著。「那我先回去拿水。但是，我可能還是不太知道路，還是要大海鷗幫忙。」小光有點不好意思的指著大海鷗。

「小光，妳先下來吧？我現在還可以，我有叫大海鷗去幫我找水了。」珍珠小女孩說著。

小光飛了下來，她擔心的問著：「那現在怎麼辦？怎麼救大家？還有，烏龜公公、螃蟹大俠和海草妹妹都還好嗎？」

「他們也是沒有水喝，所以身體有點虛弱。」珍珠小女孩說著。「現在，最重要的是，停止那些壞蛋惡毒的行為！」珍珠小女孩臉色沉重的看著小光。

「哦，我爸爸和附近村裡的人，還有警察叔叔們都有去抓他們。」小光說著，「但是，還沒有抓到。」小光有些抱歉的看著她。

珍珠小女孩有點沮喪地嘆著氣。「哎……」

小光伸出手握著她的手臂安慰著：「不過，我相信很快就會抓到了！」

「小光，你們要快點抓到那些人。」珍珠小女孩擔心的說著。「我們的島，因為沒有這些發光植物的保護，整個島都快出現在海面上了。還好，現在有月婆婆的保護，但是，我們不知道還能撐多久。而且大海王也對這件事，非常的生氣。」

「誰是大海王？」小光問著。

「祂是海裡的王，掌管所有海的生物和海水的運作。只要你們人類不貪心，和平相處，對大海保持尊敬的心和態度，祂也就風平浪靜的，允許你們在他的海國捕魚。但要是你們太貪心，祂就會興風作浪，讓你們無法捕魚。」珍珠小女孩說著。「可是，這次太過分了，這些人竟然用炸的，用毒的，毒死我們海裡的子民。而且污染了我們的水源，毒害了大海，很多區域都快不能居住了。」珍珠小女孩又生氣又傷心的握著拳頭。

小光握著珍珠小女孩的手臂認真的說著：「小麗，我一定請爸爸快點抓到他們！」

「小光，我這次找妳來，是要先警告你們。如果不快點抓到那些壞蛋，大海王若發怒，到時就會有大災難，你們人類也就休想再到海上捕魚了。」珍珠小女孩慎重的說著。

「大災難？祂會起大海嘯嗎？那就太恐怖了！」小光擔心又緊張的說著。

「我不知道祂會怎麼做，但一定是對人類作很大的一個懲罰。所以，妳回去後，一定要請妳爸爸趕快抓到那些壞蛋。因為不是你們的錯，我不希望看到你們受傷害。」珍珠小女孩邊說，手邊揮著大海鷗。

大海鷗飛過來，大翅膀落在小光旁說著：「小光，上來吧！」

「哇，你也會說話啊！」小光張大眼看著大海

鷗。

　　大海鷗笑著。

　　珍珠小女孩雙手抱住了小光說：「小光，希望很快聽到妳的好消息。」她真心不想失去這樣一位善良的朋友。

　　「嗯！我一定不會讓妳失望的！」小光緊緊的抱著珍珠小女孩說著。

　　隔天早上，小光把昨晚跟珍珠小女孩見面的事告訴了爸媽。

　　「爸爸，您一定要快一點，抓到那些壞蛋，否則，不只隱形島有危險，我們也會有危險！」小光很緊張的說著。

　　爸爸摸著小光的肩膀說著：「小光，爸爸跟村裡的人，已經輪流在海上很密切的巡邏。今天我會跟村長說，再多派幾艘船出去。妳先不要緊張，爸爸相信，我們很快就會抓到那些壞蛋的。」

　　「那我下課後，也去海邊看著。」小光說著。

　　「好，可以叫小宇一起去，兩個人看更有效率。」媽媽建議著擔心的小光。

　　「對啊！我怎麼沒有想到？」小光終於露出笑容說著，「我可以再找其他小朋友一起去。」

　　「很好！團結就是力量！」媽媽鼓勵著。

爸媽看著揹著書包出門的小光。

「阿振，她這麼小，就必須承擔這些憂慮。實在不是一個八歲小孩，應該過的生活。」玉環心疼小光的說著。

「玉環，我們的女兒就是這麼有正義感，這麼勇敢！那個怕黑的小光，已經長大了。」阿振說著便伸手摸著玉環的肩膀，「我知道，妳希望她能像一般小孩，無憂無慮的長大。但是，就算她沒有這些特殊能力，她一樣也會遇到困難、挫折、挑戰的。我們就只能在一旁協助她、支持她。」

玉環點點頭。

「我知道，妳也一直希望，自己有個跟一般小女孩一樣玩娃娃的童年，所以妳才這麼不捨小光，對吧？」阿振關愛的看著玉環。

玉環沒說話。

「玉環，我向妳保證，只要我在的每一天，我一定會給我們的女兒一個和大家都一樣的童年。」阿振舉起三隻手指頭保證著。

「這是什麼保證？」玉環瞪了阿振一眼，微笑的說著。她拿下阿振舉在空中的手，然後靠在阿振的肩膀說：「只要我們全家平安在一起，我就很心滿意足了。」

第三十章
髮簪仙女

　　小光、小宇及村裡的一些小朋友，到海邊分區查看著海面。夕陽也逐漸下山了，天色慢慢的變暗了。看了很久，大家也都累了。

　　「小光，我們先回去了。」一個小男孩站起來說著。

　　「嗯，那明天見。」小光點著頭，然後囑咐著，「記得明天再來！」

　　「明天還要來哦？」小男孩不太願意的皺著眉頭說著。

　　「是啊！我們一定要抓到那些壞蛋。」小光堅持著。

　　「好吧，明天再說。」小男孩說著，另外兩個小朋友也站起來。

　　「明天見，小光。」「明天見！」小朋友說著，就一起往回家的路走去。

　　小光微笑的跟他們揮著手，「好的！辛苦了，明天見！」

　　「小光，天也快暗了，我肚子也好餓。」小宇摸著咕咕叫的肚子說著。「我們也回去吧！」

　　「哥哥，你先回去。我還不餓，我再看一會兒。」小光微笑著。

　　「妳自己一個人，不害怕？妳不是最怕黑？」小

宇驚訝的問著。

小光面帶微笑肯定的說著：「哥哥，沒有關係，我自己一個人可以的。」

「真的，妳可以自己一個人？」小宇有些擔心的看著她，而他的肚子也一直在叫。

「嗯！哥哥你快回去吧，你的肚子已經在唱歌了。」小光笑著。「哦，你順便跟我媽說，我晚點回去。」

「好吧，我會跟妳媽媽說的。」小宇沒辦法的點著頭，然後他挑著眉毛，睜大眼睛看著小光，「但是妳不要留太久，野貓可能會跑出來哦！」

「哥哥，你嚇不到我。」小光笑著。「我現在不怕貓了。你快回去吧。」她揮著手叫小宇走。

「好吧……那我們明天見。」小宇嘆了口氣點著頭。他邊走邊回頭地看著對他揮手微笑的小光。看著如此自信的小光，他發覺小光真的長大了。

小光閉著眼睛，盤著腿坐在石頭上，深呼吸著。她拿出口袋裡的髮簪插在頭髮上。她靜靜地聽著海浪的拍打聲，一切都是那麼的安靜。暖暖的風徐徐緩緩的吹過她的臉龐。小光整個身體，變得很柔軟很放鬆。她聽著自己的呼吸聲，感覺到好久未有的寧靜和平安。

「小光，妳找我什麼事嗎？」髮簪仙女站在小光面前問著。

小光張開了眼睛，「哦，髮簪仙女您來了！」她

開心的馬上站起來說著。「我是有一件事，想請您幫忙。」

「我在聽。」髮簪仙女點著頭。

小光告訴了髮簪仙女有關炸魚毒魚的事，和珍珠小女孩所說的一切。

「我們有什麼辦法可以快點抓到他們嗎？我好怕大海王會生氣，那就不曉得會有什麼災難發生了。」小光擔心的說著。

髮簪仙女皺著眉頭，「這確實是一個很大的問題。」

「那怎麼辦？」小光緊張的看著她。

她看著小光說著：「貪心的人終會有報應的。」

小光贊同的點著頭，「嗯。」

「小光，妳爸爸跟村子裡這麼多人，已經在海上搜尋了，所以，抓到他們只是早晚的問題。但是，對大海國已造成的傷害，我想大海王是不會輕易的饒恕那些人。怕就怕，大海王會遷怒所有捕魚的人，那麼可能就會有大災難。」髮簪仙女分析著。

「小麗也這麼說。但會是什麼樣的大災難呢？」小光擔憂的問著。

「我們只能往最壞的去做準備。所以，小光，如果大海王的懲罰是興起海上的風暴，那麼只要妳對著海唱歌就行了。」髮簪仙女教著小光。

小光搖著頭，揮著雙手，緊張的說：「我？我唱歌怎麼有辦法停止那些風暴？不行啦！不行。」

「小光，想想妳的聲音，是不是有幫助過什麼人？或有什麼人、事、物，是因為妳的歌聲而變得平安？」髮簪仙女指引著小光。

小光皺著眉頭想了一下，然後笑著，「對哦！村裡的婆婆，聽我唱歌都安靜下來了，現在也不罵人了，還有山上那條蛇也睡著了，連爸爸都說他的頭痛都好了。」小光愈說愈興奮，「我以為是我比較會唱歌了。」

「小光，妳的聲音，天生就有平靜所有生靈的能力。隨著妳年紀愈來愈大，這個能力也愈來愈強。」髮簪仙女說著。

小光掉著下巴，張大眼睛，不敢相信的看著髮簪仙女。

看著小光一臉驚訝誇張的表情，髮簪仙女笑著，「而且我相信，妳現在的能力，已經可以安定妳身邊所有需要幫忙的生靈。但是，如果海上的風暴，妳一個人沒有辦法安定下來時，就把髮簪丟到水裡，妳的姨婆就會知道妳有危險，她就會馬上來幫妳的。」

「什麼？姨婆也有超能力。」小光很震驚的說著。

「小光，妳忘記了妳是月亮的女兒，所以，妳的姨婆……」髮簪仙女指引著小光。

「也是月亮的女兒。」小光說著，眼睛瞪的更大了。

「妳有特殊的能力……」髮簪仙女繼續指引著小

光。

「她當然也有！而且一定比我的能力更厲害。」小光興奮的說著。

髮簪仙女微笑著。

「那，媽媽、姊姊呢？」小光好奇的問著。

髮簪仙女挑著眉毛笑著說：「妳覺得呢？」

「她們當然也有！我怎麼那麼傻啊？」小光拍著自己的頭笑著。

「可是，每一個人的能力不一樣。超能力，只是其中的一種能力，並不代表有這種能力，就比別人厲害。最重要的是，妳必須有顆善良、愛人的心。有些人，亂用這些能力，反而傷害了很多人。所以，記住，小光妳的能力只能用在救人、幫人上面，懂嗎？」髮簪仙女慎重的指示著小光。

「嗯！我懂。謝謝您，我會記住的。」小光點頭說著。「還有一件事，我想請問您一下。」

「好的。」髮簪仙女點著頭。

「為什麼，我上次找您幫忙的時候，您都沒有出現？姨婆說，只要戴上髮簪，您就會來了。」她困惑的看著髮簪仙女。

「小光，我只有感應到正面的能量，才會出現。」髮簪仙女說著。

「正面的能量，我不懂？」小光更困惑了。

「如果我感應不到妳，應該是妳有一種不開心，甚至是憤怒的心理。妳想想，有沒有這樣的事？」髮

簪仙女問著。

　　小光想到那天，她的心一直無法平靜下來。因為她一直想到，要如何結束捉迷藏的遊戲，甚至想到要如何修理那些臭同學。所以她很生氣，心一直靜不下來。

　　「小光，如果妳要我來幫妳和保護大家的平安，以愛為出發點的事情，我很快就可以感應到妳的。」髮簪仙女說著。

　　「嗯！我懂了。」小光拍著手。「那天，我確實是很生氣，因為那些同學好壞，都一直讓我當鬼。」小光雙手插腰，嘟著嘴說著。

　　「那妳的事情解決了嗎？」髮簪仙女關心的問著。

　　小光放下了腰上的手，微笑的點著頭說：「嗯，月婆婆和我姊姊都有幫我。沒事了。」

　　「小光，還有沒有其他的事，我可以幫忙？」髮簪仙女問著。

　　「沒有了，謝謝您！」小光搖著頭，然後雙手合掌於胸前向髮簪仙女鞠躬著。

　　「我先走了，好好照顧自己。不要輕易的使用妳的特殊能力。」髮簪仙女說著就不見了。

　　坐在海邊石頭上，眼睛閉著的小光，微笑說著：「我不會的。」

第三十一章
發現炸彈客

在一個沒有月光的午夜，海面一片烏黑，有一艘船正準備炸魚。

「你們動作快一點，慢吞吞的。最近他們巡邏的緊，快點！」一個留著絡腮鬍的男人說著。

他旁邊的兩個男人，很快的把炸彈丟入海裡。「砰」的一聲，海水打了上來，船的周圍起了很多煙。三個男人，靜靜的等著煙退去後，去撈著被炸死的魚蝦。

「你們看！那裡怎麼有一個島？」一個瘦高的男人驚訝的說著。

「哪裡？」留著絡腮鬍的男人邊說，邊觀望著。「沒有啊！」

「剛剛就在前面不遠處啊！」瘦高的男人手指著前面，一臉不解的說著。

站在瘦高男人身旁的矮胖男人，朝著他所說的方向看去。在一團烏雲後，一個小島半隱半現著。矮胖的男人興奮的叫著：「有！有！我看到了！在右前方，不是很清楚。」他瞇著眼睛專注的看著前方，「好像有一個人在上面。」

留著絡腮鬍的男人，拿出了望遠鏡，往島的方向看去。

「是一個小女孩！她身上有一些亮亮的東西。」留著絡腮鬍的男人邊說，邊把望遠鏡放到最大倍數。

　　「哇！我們挖到寶了！」絡腮鬍男人興奮無比地說著，「那個女孩全身上下都是珍珠！」

　　「我看看。」瘦高男人拿過絡腮鬍男人手中的望遠鏡看著，「天啊！真的，怎麼可能？」他驚叫著。

　　「給我！」矮胖的男子拿走他手上的望遠鏡看著，「天啊！莫非這就是傳說中的珍珠島？」他震驚著。

　　「珍珠島？」瘦高的男人疑惑的問著。

　　「對啊！傳說這個島上，有一個珍珠仙子，她全身都是珍珠做的。這些珍珠可以治百病，還有島上的水可以給人法力！」矮胖的男人興奮的說著。

　　「那我們還不快開過去！在這邊等什麼？」絡腮鬍男人大聲指使著。

　　「可是，如果是仙島，那麼我們是不是不該去？萬一，他們用法力來打我們……」瘦高的男子擔心著。

　　矮胖的男人想了一下說著：「難道你要錯失這種好機會？有了這些奇珍異寶，你老婆的醫藥費就有著落了，我們就不用再偷偷摸摸地來炸魚毒魚。你不是一直不想傷害這些魚蝦嗎？」

　　「我……我……」瘦高的男子不知所措著。

　　「確實，如果是仙島，一定有仙人有法力。但是，不入虎穴焉得虎子！如果你要賺錢，不要再過這

種偷偷摸摸的生活，那就只有去了。」就在絡腮鬍男人說話的同時，大海鷗朝著他們飛來，用牠的大翅膀打著他們。

「這是什麼鳥啊？這麼大！」矮胖的男子邊叫邊躲著大海鷗的攻擊。

「一定是有法力的仙人派來的！」瘦高的男子緊張的說著，便跪下來雙手合掌，一直向大海鷗瞌頭。「對不起！對不起！請您原諒我們！」

大海鷗張開嘴巴，好像要吃他們似的，向他們飛衝過來。

「你在幹嘛？還不快幫忙我把船開走！」絡腮鬍男人邊說邊很快的一手發動引擎，另一隻手擋著大海鷗的攻擊。他們快速地開離了大海鷗。

「哇！剛才真是驚險。」矮胖的男人嚇得滿臉通紅，滿頭大汗的說著。

但是絡腮鬍的男人卻是笑著。

「你怎麼可以那麼開心？」矮胖的男人皺著額頭，手擦著脖子上的汗問著。

「你不會還想回去找那個島吧？」瘦高的男人張大眼，不敢相信的問著。

「如果你不想要這個賺大錢的機會，我可以找別人。」絡腮鬍男人邊開著船，邊回過頭看著小島威脅著。

「對啊！想想你老婆的醫藥費。這種發財的機會，一生只有一次。」矮胖的男人勸著。

瘦高的男人沒回答，他直直的望著若隱若現的小島。

　　　　　◇　　　◇　　　◇

　　「村長，今天一大早，天還沒亮，我又聽到海上傳來的爆炸聲。我立刻跑到海邊，但是天太黑，實在看不出什麼。」阿振懊惱的說著。

　　「我也有聽到。」村長心情沉重的說著。

　　「這樣好了，從今天起，我每天晚上到海邊看著，也請村長多找幾艘船巡著。」阿振建議著。

　　「能用的，能找的，我都試過了。但是，就是夜色很黑⋯⋯」村長無奈的說著。

　　「那麼，我們可以請顧燈塔的人幫忙。在這一陣子的晚上，打開燈和我們一起巡邏。」阿振說著。

　　「好主意！我去找附近幾個村莊的村長，商量一下，讓人輪流去燈塔守著。」村長說著。

　　就這樣，又過了一個星期。一切都很安靜，而阿振也每一個晚上，都去海邊守著。

　　「爸爸，今天晚上我跟您一起去。」小光說著。

　　「可是會冷，有時也有野貓哦！」爸爸關愛的說著。

　　「爸爸，我不怕。有爸爸在，我什麼都不怕！」小光很有信心，微笑的看著爸爸。

爸爸想了一下，「好吧。那要跟媽媽說，多準備一條厚一點的被子給妳哦！」爸爸摸摸小光的頭說著。

沒有月光的海邊，一片淒黑，還好還有一些星星在天上。一切都是那麼的安靜，除了海浪拍打海岸的聲音，就是一些蟲鳴聲。爸爸跟小光坐在睡袋裡，爸爸拿著船上用的大手電筒的燈，橫掃著海面。

「小光，會怕嗎？」爸爸問著靠在他肩膀上的小光。

小光微笑的看了他一下，「爸爸，我不會。」然後她抬頭看著天上的星星，「雖然很黑，可是還有天上的星星啊。」小光手指著天上微笑著。

爸爸也抬頭看著天上的星星，然後他轉頭微笑的問著：「要不要爸爸說個故事給妳聽？」

「嗯，好啊！」小光好開心地笑著，她馬上坐了起來。

「在人類都還沒有誕生的時後，有一個女神名叫女媧，她來到了地球，創造出了人類。」爸爸看著天上說著。

「這麼厲害啊！所以她是所有人類的媽媽？」小光訝異的問著。

爸爸回頭對著小光微笑著，「也可以這麼說，

大家叫她為大地之母。但是，有一天，天空破了一個洞。」

「為什麼天空會破洞？」小光好奇的問著。

「就因為火神跟水神吵架，打了起來。結果把支撐天的大山撞倒了，天空就破了一個大洞。」爸爸說著。

「哇！有這樣大的山哦？」小光不敢相信的說著。

爸爸輕輕笑著繼續說：「從天空的大洞裡，流下很多的水。而地面上，因為受到火神跟水神打架的拉扯，就噴出熊熊大火。也因此驚醒了沉睡在地底下的惡龍。這個時候，人們不是被洪水沖走，就是被大火吞噬或變成惡龍的食物。」

小光雙手緊握，緊張的看著爸爸，「好可怕哦！」

「不要擔心。」爸爸微笑著，「女媧看到所有的一切，覺得很難過。所以，她選用了五種不同顏色的石頭，把天補起來了。再用巨龜的四隻腳，把天撐起來。然後，把惡龍趕回地底下。祂救了所有的生靈，世界也終歸回平靜。」

「哇！祂好了不起哦！好勇敢哦！」小光很佩服的說著。她被這故事深深的激勵著，她舉著拳頭宣布著：「我長大也要像女媧一樣去打壞人，幫助人。」

爸爸笑著摸著小光的頭，「妳現在就已經在幫人了。妳跟爸爸一起來找那些炸魚的壞人，這就是在幫

助人。」爸爸說著，便打開大手電筒，再次橫掃著海面。

突然間一大陣白色亮光，從海面上掃了過去。

「爸爸，好亮！好漂亮哦！」小光開心的說著。

「那是燈塔所照出來的燈。」爸爸說著，「記得嗎？去年妳也看過。」

小光皺著額頭想了一下，然後微笑的點著頭，「哦……對哦！」

「一般的時候，燈塔的燈是幫漁船找到航行的方向。但現在是要來幫我們抓那些壞人的。」爸爸說著。

「那……太好了！」小光笑著邊說，邊打著哈欠。

「小光，妳先睡吧。」爸爸說著。

「我不累。」小光說著又打了個哈欠。

爸爸摸摸小光的頭笑著說：「快睡吧，不要撐了。」

「爸爸，您呢？」小光揉著沉重的雙眼說著。

「我巡一下再睡，妳快睡吧。」爸爸說著。

小光努力的睜大眼睛說著：「沒有問題的，我可以再撐一下。」

「妳不要擔心，要是有什麼事，爸爸會馬上叫醒妳。」爸爸說著。他看著固執如她母親的小光，心想她是不會輕易的放棄。所以他繼續說著：「而且，小孩子沒有睡飽，可是會長不高哦！」

什麼？長不高！小光心想那可不行。「好吧……那我先睡了哦。爸爸晚安！」小光說著便躺進了睡袋，閉上了眼睛。

　　阿振站了起來，到岸邊巡了幾次後，也回到小光旁躺下休息。

第三十二章
珍珠女孩跟小光說再見

「歐！歐！歐！」

小光揉揉她惺忪的睡眼，坐了起來，看到了站在岸邊的大海鷗。她輕輕的爬出睡袋，怕吵醒了爸爸。很快地她跑了過去，坐上了大海鷗，來到隱形島上。這次，整個島都變得很黑，只有幾株植物仍發著光。小光感覺，島上一定有不好的事發生了。

「小光。」珍珠小女孩從黑暗裡走出來，虛弱地叫著。

「小麗，妳的臉怎麼那麼白？妳是不是生病了？」小光緊張的問著。

珍珠小女孩沒力的說著：「我只是很久沒有吃到東西了。」

小光跑了過去扶著她的手臂，擔心地問著：「妳還好嗎？怎麼會這樣？」

珍珠小女孩嘆了口氣說：「我這次叫妳來，就是要跟妳說再見的。」

「再見？妳要去哪裡？這個島怎麼辦？」小光訝異的說著。

「大海王幫我找到一個新家。這個島不僅被毒污染了，而且也被那些壞蛋發現了。」珍珠小女孩生氣的說著，她蒼白的臉整個紅起來了。

小光著急地握緊著她的手臂，「他們怎麼發現的？他們在哪裡？」她緊張地的問著。「我現在回去，叫我爸爸把他們全部抓起來。我爸爸很厲害，他一定會保護你們的。」

　　「他們上個星期又來附近炸魚，把島旁邊的生物都炸死了。」珍珠小女孩生氣的說。「毒液流到島上，幾乎傷害了島上所有的生靈植物。沒有了這些植物光的保護，島就和一般的島一樣，每一個人都看得到。我擔心，他們會再回來。所以，我要帶著剩下的伙伴們，一起去別的地方居住。」珍珠小女孩無奈的看著她。

　　「你們要搬去哪裡？我可以去找妳嗎？」小光不捨的握著她的雙手問著。

　　珍珠小女孩抱歉的搖著頭說：「小光，我現在還不行告訴妳。」她看著小光的眼睛，很慎重的說著：「大海王已經非常的生氣，他決定要對人類做出很大的懲罰。」

　　小光又再次抓住了她的手臂，又急又慌的問著：「要對人類做出很大的懲罰？什麼懲罰？小麗，妳知道嗎？」

　　珍珠小女孩輕輕的握著小光的手，用著她虛弱的聲音很用力地說著：「小光，妳回去後，記得告訴所有的人，這幾天先躲到山上。我在想，如果大海王抓到那些壞蛋之後，可能會比較不那麼生氣。但是，記得，這幾天，你們一定要去山上，愈高愈好，離你們

村子愈遠愈好。」

「小麗，謝謝妳！」小光感謝的抱著珍珠小女孩，眼眶也濕了。

她把隨身帶著的，廟裡老師父給她的香包，從身上拿下來，放在珍珠小女孩的手中。

珍珠小女孩聞著手中的香包，忽然間她的胸口不再那麼緊了，精神也覺得好多了。「這是什麼？怎麼那麼香！」

「小麗，這是可以保護妳的護身符。自從上次見了妳之後，我就一直帶在身邊，等可以見面得時候給妳。」小光微笑著。

珍珠小女孩感到十分的感動。「但小光這不是妳的護身符嗎？妳應該留著。」她試著把香包放回小光的手中。

小光握住了她的手，「小麗，都是我們人類害你們的，破壞了你們居住的地方，我真的很難過。這個香包，會保護妳的平安，妳帶在身上。我現在就回去跟我爸爸說，我們一定會很快抓到那些壞蛋。」小光很抱歉的說著。

珍珠小女孩伸出雙手緊緊地抱住小光。「謝謝妳，小光。」

「我們一定會抓到那些混蛋的！」小光認真的說著。

她放開了抱著小光的手，點頭說著：「嗯，那妳快回去吧！」

「好，我先走了！」小光一說完，就很急的馬上往空中一跳飛走了。

珍珠小女孩在島上揮著手，「小光，謝謝妳，當我第一個好朋友！」

心裡很著急的小光，根本忘記她正快速的飛行在海面上。她邊飛邊想著，要怎麼去幫助村子裡的人。突然間，她看到爸爸，打著手電筒在岸邊著急的叫著：「小光，小光！」

她才驚覺到自己正飛在海面上。「我真的飛那麼遠了！」興奮又訝異的小光自言自語著。為了不讓爸爸看到她在飛，她降落在離爸爸還有一段距離的一顆大石頭後。

「爸爸！爸爸！我在這裡。」她邊走出大石頭，邊揮手叫著擔憂的爸爸。

爸爸跑了過來，看著有點發抖的小光，擔心的說著：「小光，妳不睡覺，跑到岸邊做什麼？」他馬上脫了自己的外套，幫小光穿上。

「爸爸，我跟您說，我剛才去了隱形島。」小光說著。

「真的？妳怎麼去的？」爸爸驚訝的問著。

「是島上的大海鷗載我去，……然後又載我回來的。」小光有點緊張的說著。

看著說話有些吞吐的小光，爸爸擔心的問著：
「小光，怎麼了？為什麼妳看起來有點緊張？」

　　「哦，爸爸，是這樣的……」小光把珍珠小女孩
說的事情，全部告訴爸爸。只見爸爸的臉色愈來愈沉
重。

　　「小光，我們現在回家，天亮爸爸就去找村
長。」爸爸說著就牽起小光的手，往放睡袋的地方走
去。

　　隔天早上，阿振跟玉環說了小光跟珍珠小女孩見
面的事。他們在想，要如何去跟村長講，將會有大災
難來臨。

　　「妳覺得，村長會相信這樣的事情嗎？如果我
是他，我一定會覺得是不是小光在做夢？」阿振猶豫
著。

　　「我知道，這樣的故事是很難讓人取信。」玉環
說著。

　　阿振嘆了口氣，在房間內走來走去著。

　　玉環想了一會兒繼續說著：「這樣好了，你跟村
長講，這幾個晚上，你在海邊查看炸魚的船時，也看
到了天象的變化，就有如海嘯要來之前一樣。大家都
知道，你會看天象，也懂海水潮流。我相信，他們會
相信你的。」

「真的嗎？這可是大事。」阿振懷疑的說著。「而且，這次也沒有什麼地震，什麼動物，蛇啊往山上方向爬。都沒有什麼異象，他們會相信我嗎？」

「如果，連你自己都不相信，還有誰會相信你。對嗎？」玉環鼓勵著。

站在爸媽房門口的小光，聽到了一切。

「可是，這……。」阿振皺著額頭遲疑著。

「我知道，你覺得你在說謊。但是，如果不這麼做，萬一真的發生什麼大災難，我們的罪過就不只是說謊那樣而已。」玉環邊說邊走出門。「走吧，我們一起去跟村長講。」

阿振深吸了一口氣點著頭，「好吧！也只能如此了。」

他們走出了門，來到了村長辦公室。

村長聽了阿振跟玉環所說的大災難，有點半信半疑的說：「阿振，你真的有把握，你所看到的？這已經不是我們一個村子的事。在這裡，大家相信你，所以要大家上山避難，不是一件難事。但是，其他村的人並不太認識你，要他們相信你有什麼大災難要來，是很困難的。」

「村長，阿振所說的，都是他多年來海上捕魚，對天象觀察的經驗。再來，他的船在海上失蹤的時候，那些船員也是靠他懂天象，避開在無人島上的大風雨而存活下來。您只要把這消息傳給他們，如果他們不相信，我們也沒有辦法。」玉環說著。

村長臉色沉重的點著頭說：「好吧，寧可當一次傻子，也不可以拿生命開玩笑。」

當天下午，村長就召集了附近五個村的村長，把事情告訴了他們。

「這個阿振，真的這麼厲害？」一個年紀很老的村長問著。

「看這風和日麗的，怎麼會有什麼災難發生？」另一位較年輕的村長，不相信的說著。

「可是，如果真的就那萬分之一的機會，發生了什麼天災，你們是要拿人命開玩笑嗎？」村長皺著眉頭，擔心的問著。

大家無言的對看著彼此。

「我相信阿振的為人，和他對天象的了解。上次海嘯也多虧了他，我們整村的人才毫髮無傷。」村長肯定的說著。

「我聽說了。」「我也聽說了。」「原來是他哦。」村長們你一句，我一句的議論著。

「上次海嘯前，有地震的來臨，所以有一些跡象可循，但是，這次什麼事都沒有發生啊？」年輕的村長質疑著。

「對，是什麼都還沒有發生！」一個很沉穩的聲音，從村長辦公室門口傳來。

「師父，您怎麼來了？」村長驚訝地看著走進門的老和尚說著。

「有大事要發生了，我怎能不來警告大家！」老和尚說著。

「難道師父也看到了什麼？」村長好奇的問著。

「是的。最近這個天象多變，我是看到一些不尋常的轉變。」老和尚說著，然後看著大家，「最近你們海面上，是不是有什麼事情發生啊？」

「是啊，師父，您也知道？」村長驚訝的說著。

「海面上的事情不處理好，肯定會有問題的。」老和尚說著。「你們都是靠海維生，怎麼可以輕忽此事？」老和尚失望的搖著頭。

「我們也都有派漁船巡邏啊！」年輕的村長解釋著。

老和尚看著他和在場的大家，嚴肅的說著：「如果你們覺得，是那些人傷害大海的生靈，不是你們做的，所以你們無罪，那你們就錯了！」

「師父，這怎麼說？我們都很尊敬著這片大海。我們都知道，他是我們的衣食父母。」老村長很真誠的說著。

「如果，我們放任著那些貪婪的人，傷害著大海的生靈，我們也就是幫兇。世界上，每一件事都有因果循環。」老和尚說著。

大家你看我，我看你，都沒有出聲。

「所以，我建議你們這幾天，到山上避難去。相不相信，看你們自己。自己的因果自己擔。」老和尚說完便走出了門。

躲在門口後的小光，微笑的對走出來的老和尚豎起了兩根大拇指。

第三十三章
小光和師父

　　坐在小光旁木製沙發上的師父，正和阿振跟玉環在他們家客廳裡喝著茶。

　　「師父，真是勞您費心，大老遠的還跑一趟來警告大家。」阿振感恩的說。

　　「這種人命關天的事，我一定要來的。」老和尚說著。

　　「所以，師父，您是看到了什麼異象嗎？」阿振好奇地問著。

　　老和尚搖著頭說：「我倒是沒有注意到，天象有什麼特別的不一樣。」

　　阿振疑惑地看著他問著：「那您怎麼會知道，這裡發生的事，還有大災難要來的事？」

　　「哦，是小光告訴我的。」老和尚說著轉頭微笑看著一旁的小光。

　　「小光？」阿振驚訝地往小光看去。

　　玉環也驚訝地看著小光。

　　「對……是我。」小光皺著眉頭，有些緊張的看著他們說著。「我聽到了您們說，不知道怎麼跟村長講。所以我想，如果由師父講，他們應該會相信。」

　　「可是，電話在村長辦公室，妳怎麼聯絡師父的？」阿振皺著眉問著。

　　「我……我……」小光吞吞吐吐的，不知道怎麼

辦的往媽媽看去。

「哦……是我前幾天到村長辦公室，打電話請師父來的。」玉環微笑的說著。

「那妳為什麼沒有告訴我？」阿振問著。

玉環尷尬的笑著。

「一切都是注定的，你們不覺得嗎？」老和尚微笑說著。「我什麼時候來，我怎麼來，不重要。重要的是，讓所有沿岸的居民，快點撤離到山上去。我建議，大家到我的廟裡避一避。大海王再生氣，也不會跟我這個出家人過不去吧？」

「師父，您說的對，那我馬上去聯絡大家。」阿振說著，就從椅子上站了起來，「那麼師父，我就讓玉環陪您，我先出去了。」就當阿振要走出門時。

「爸爸，我跟您一起去。」小光說著也站了起來。

阿振點著頭。

「師父，媽媽，再見！」小光笑著揮揮手後，就跟著阿振出去了。

「玉環，小光擁有的法力，真是出乎我意料之外。」老和尚看著小光的背影說著。

「所以，我想師父已經知道，小光會飛的事。」玉環說著。

「她跟妳小時候很像。」老和尚笑著，然後他挑著眉毛看著玉環，「妳可知道，今天是她載我來的？」

玉環很驚訝地看著他說：「什麼？我不知道她這麼快就可以載人了！我到13歲才有辦法。」

老和尚笑著，「就是妳遇見阿振，把他從河裡救出來的那年。」

玉環張大了眼睛。「師父，您也知道這件事？」她吃驚的說著。

「當然！是妳外婆告訴我的。」老和尚點著頭說。「我相信，人的潛力是可以被環境激發出來的。」

「我懂了。當年我因為急著要救掉下水的阿振，所以一急之下，就激發出在我身上的能力。而小光，也是急著要救人。所以，她就有這個能力，飛去載您來。」玉環若有所悟的說著。

「是啊！其實，就算是我們普通人，也都有不同的潛能。但是，常常因為安定的生活，所以大部分的人，也沒有機會去開發到全部的潛能。」老和尚說著。

「師父，謝謝您的開示。我今天真高興，能跟您有這個談話的機會。」玉環微笑的點著頭。

老和尚笑著，「那我先回去準備地方，讓大家避難。」他說著便起身走到門口。

「要不要我去叫小光載您回去？」跟在他後面的玉環說著。

老和尚轉過身，「不用了，讓她去幫忙大家。玉環，記得，妳一定要教導小光，把法力使用在對的

地方。她年紀還小，就已經有了這麼大的能力，我想將來必定會更大。我擔心，如果這個能力，沒有用到對的地方，可能會對小光自己，甚至這個世界造成傷害。」他語重心長的說著。

「師父，您放心，我一定會看著她。不只我，月婆也一直在指引著她。」玉環慎重的說著。

「那我就比較放心了。」老和尚鬆了口氣說，「我先走了，你們自己也小心點。」

玉環雙手合十於胸前，感謝的點著頭說：「好的，謝謝師父。您也是。」

老和尚走出了門。

玉環轉過頭，若有所思的，看著牆上的全家福照片。

「月婆婆，我好久沒有跟您說話了，村子裡最近發生好多事。」站在院子裡的小光，看著天上的弦月說著。瑪莉則靜靜的躺在一旁。

「我想您一定知道隱形島的事，現在大家都很害怕，大海王會對我們做出什麼懲罰。都是那些炸魚、毒魚的壞蛋害的！我好生氣，可是又不能幫什麼忙。」小光沮喪的說著。忽然間，她想到現在她可以飛了，她可以跟巡邏的漁船一樣，去海面搜尋那些壞蛋啊！

「對哦！月婆婆，我現在可以飛了！」小光開心的說著。「我以後就不用等您來找我了。我可以飛到天上去看您了！」

但是一想到將降臨的災難，她的臉又難過了起來。

「可是，現在我最擔心的是，大災難就要來到。月婆婆，您一定要保佑我們每一個人的平安。小光求求您！」小光雙手緊握胸前，向天上的月亮求著。

媽媽走了過來，也雙手緊握胸前，對著天上的月亮說：「月婆，這次人類犯了很大的錯誤，傷害了海裡的生靈。我能理解為什麼大海王要懲罰大家，但是，請月婆看看，人類也一直努力的維持著這個自然界的和平。雖然，一小部分的人因為貪婪，而做出傷害自然界的事情，但是大部分的人，還是對我們這世界的生靈保持尊敬。」她說著就跪了下來，「月婆，在玉環這短短的45年，對人類的認識，他們仍舊是很有愛心，渴望和平的。請月婆這次務必要幫忙大家，千萬不要因為幾個人的過錯，而傷害了這些無辜的村民。」

「媽媽！」小光驚訝地，聽著媽媽所說的一切，才知道原來媽媽這麼愛我們居住的地方。小光也跟著跪下來祈求著。

白天的時候，村子裡所有的人都上山了。小光跟媽媽、姊姊和阿公及阿嬤也一起上去了。爸爸則還是留守在海邊。到晚上趁大家熟睡的時候，小光偷偷地飛到海面上去找那些壞蛋。在微微的月光下，她飛啊飛的，可是都沒有看到任何船隻。小光看到爸爸，在海邊巡邏著。小光有點擔心爸爸的安全，所以她躲在一顆大石頭後面。她想，如果有什麼大風浪來的時候，她就可以馬上把爸爸載走。她看著，看著，就睡著了。直到早上的晨光照到她的眼睛才醒來。

　　小光揉了揉眼睛，坐了起來。她看一下四週，才發覺爸爸已經不見了。她心想，還好沒什麼事發生。於是她站了起來，往回家的路上走去。

　　「聽說，附近所有的人都撤離到山上，說什麼有大災難要來。」矮胖的男人邊開著船邊說著。

　　「那我們是不是也要避一下？」瘦高的男人有些擔心著。

　　「你要是害怕，趁現在離岸邊還沒有很遠，你游回去，我不要一個懦弱的膽小鬼在我船上。」絡腮鬍男人不悅的瞪著他說著。

　　「我只是覺得，留得青山在不怕沒柴燒。」瘦高的男人擔憂著。

　　「機會只有一次！這麼好的機會，都沒有船隻在

巡邏。不趁現在去珍珠島，何時去？」絡腮鬍男人不客氣的說著。

「對啊！機會只有一次。」矮胖的男人拍拍他的手臂勸著。「趁沒有人我們快去快回，以後就不用再偷偷摸摸的以炸魚、毒魚維生。」

「我……我想還是不妥，我先回去好了。」瘦高的男人說著，便跳下海裡往岸邊游去。

「你這個沒有用的傢伙！算什麼男人！」絡腮鬍男人大聲的對著海裡的男人罵著。

矮胖的男人走了過去，拍拍他的手臂說：「好啦，讓他去。這樣我們兩個人可以分更多。」

「算了！孬種。」絡腮鬍男人說著便握起了舵，加速馬達，在隱約的月色下，快速的往珍珠島開去。

「阿振，你今晚就不要去了。昨晚也沒有發生什麼事啊！」玉環擔心的看著他說著。

阿振握住了玉環的雙手說：「我只要今晚再去巡一次。我答應妳，我不會在海邊過夜，這樣可以嗎？」

「我知道你要抓那些人，可是，現在是不是有點太晚了？」玉環不開心的看著他。

「不晚！」阿振握緊了她的雙手說著。「只要我們現在能抓到他們，也許大海王就會饒恕我們，不會

第三十三章：小光和師父

255

懲罰我們了。想想，這樣可以救多少人。」

　　看著阿振堅定的眼神，玉環嘆了口氣。「好，如果你堅持要去，我也去。」她堅持著。

　　「可是，會有危險啊！」阿振擔心著。

　　「不要忘記，上次是誰救你的？」玉環手擦胸前下巴上揚的說著。

　　「好吧。妳這麼固執，我就是拿妳沒辦法。」阿振搖頭笑著。

第三十四章
大海王和月亮來的女兒

在海上的炸魚船

「怎麼看不到珍珠島啊！」矮胖的男人站在甲板上，觀看著四週說著。

絡腮鬍男人拿起了望遠鏡查看著。「奇怪，剛剛明明在這附近，怎麼不見了？」他皺著眉頭說著。

這時一道月光，突然透過望遠鏡，照進了絡腮鬍男人的眼睛裡。

「啊……怎麼這麼亮？」他感到一陣暈眩，馬上閉上了眼睛，放下望遠鏡。

矮胖的男人看著天上的半弦月和黑暗的四週，他感到奇怪的說著：「沒什麼月光啊？」

「不行！我們一定要快一點找到！」絡腮鬍的男人堅定的說著。「我們上次是在放完炸彈的時候，那個島就出現了。」他說著馬上拿出了一顆炸彈，往海裡投去。

「砰！砰！」海水馬上濺了上來，很快的四周被煙圍住了。他們一起靜靜的等著煙退去。就在這時候，突然烏雲密佈，月亮消失了。整個海面一片烏黑，伸手不見五指。海上隨即刮起了大風，下起了雨。

「怎麼會這樣？」矮胖的男人緊張的說著。

在海上的阿振跟玉環

在岸邊巡視的阿振跟玉環，聽到炸彈的聲響後，馬上跳到早已經備好的小船，往炸彈的方向開去。

「阿振，你看！」玉環驚訝的看著變黑的天空。「天氣怎麼忽然變得那麼快？會不會是……」她擔心著。

「不要怕，我們現在快去抓那些人。」阿振邊說邊加快引擎。

在海上的炸魚船

浪變大了，把船隻都快打翻了。

「怎麼會這樣？是不是那些仙人生氣了？」矮胖的男人害怕的說著。

「你是第一天捕魚嗎？海面上遇到變天是常有的事，有什麼好害怕的？抓緊就好了！」就在絡腮鬍男人說話的時候，一陣閃電在他們面前閃過。

「轟！轟！轟！」好幾聲的打雷聲響隨之而來。

「一定是的！連天神都來了，我們死定了！」

矮胖的男人害怕的說著，馬上躲到了放魚的大箱子旁邊。

「有大風雨，一定有閃電、打雷之類的。」就在絡腮鬍男人說話時，一陣大浪往他的身上打去，他倒在甲板上。整個船向旁邊倒，船身一邊已經快傾斜到海裡。絡腮鬍男人很快地站起來，握住方向盤。

「天啊！那是什麼？龍捲風嗎？」矮胖的男人嚇得雙腿發軟，全身顫抖的看著迎面而來約500公尺高的旋風。

在山上的廟裡

「師父！師父！不好了，海上有龍捲風！會不會到我們這邊來？」一位村民從正下著大雨的外面跑進了廟內，慌張的大聲叫著。

「該來的，躲也躲不掉。」老和尚說著，便穿上雨衣走出了門，往山丘方向走。站在山丘上的老和尚，嘴裡念著經文，看著海面上正在快速旋轉的500公尺高的龍捲風。

在海上的阿振跟玉環

「阿振，你看！水裡有個人！」玉環拿著大手電筒，照著水裡快奄奄一息的男人說著。

阿振立即把船槳放到水裡，試著去救他。但是男人已經虛弱到沒有力氣去握住船槳。

「我看，我下去救他吧。」阿振說著就跳了下去。

而如海嘯時那麼高的十尺巨浪，正對著他們的小船打來。阿振努力地游著，海水卻一直不斷的打到他的嘴裡。

「你撐著，我快到了。」阿振對著已經快半昏迷的男人叫著。

而海面上出現了不斷的閃電和打雷。在船上著急的玉環，握著船槳努力的向阿振和那男人划去。忽然一陣狂風吹來，把小舟吹得東倒西歪，她握緊了槳。在一陣閃電下，她看到一個約500公尺高的旋風，正在黑暗的海面上升起。「喔！我的天吶！」她驚嚇的看著巨大的龍捲風，正從海中央往岸邊襲去。

在海上的炸魚船

「天啊！真的是龍捲風！」矮胖的男人，嚇得雙

腿發軟，全身顫抖的坐在甲板上。

「你說對了，我們這次真的死定了！」絡腮鬍男人說完後，整艘船就被海上龍捲風捲走了。

在海上的阿振跟玉環

「你撐著！」阿振叫著，卻被迎面而來的海浪打到，整個人往海裡沉。

「阿振！阿振！」玉環擔心的大叫著。

突然間，一陣美麗的歌聲傳來：「ㄏㄨㄏㄨㄨㄨㄨㄨ……」

「小光！」玉環吃驚的看著，飛在海面上唱歌的小光。

阿振浮出了水面叫著：「我沒事！我沒事！」

他繼續努力的向男人游去。

「ㄏㄨㄏㄨㄨㄨㄨㄨㄨㄨㄨㄏㄨㄏㄨㄨㄨㄨ……」

「誰在唱歌？怎麼那麼熟悉的聲音？」在水中，努力地邊游邊避開，不停的灌進他嘴裡的水的阿振想著。

「阿振！前面有龍捲風！」玉環大叫著。

這時候，飛在天空的小光，立刻把頭上的髮簪，丟到海裡，並繼續對著龍捲風唱著：「ㄏㄨㄏㄨㄨㄨㄨ

ㄨㄨㄨㄨㄨㄏㄨㄏㄨㄨㄨㄨ……」

阿振游到男人的身邊叫著：「玉環，妳快飛走！快走！我潛到水裡。」

擔心不已的玉環，看著阿振和迎面而來的龍捲風。她牙一咬，隨即往空中一跳，朝著小光快速的飛去。

阿振看著飛到天空的玉環，便馬上帶著昏迷的男人潛到海裡。

只見龍捲風，已經離小光和玉環只有十公尺遠。小光很緊張的看著一旁的媽媽，媽媽握住了小光的手，開始和她一起唱著：「ㄏㄨㄏㄨㄨㄨㄨㄨㄨㄨㄏㄨㄏㄨㄨㄨㄨ……」

風雨慢慢的變小了，閃電打雷停了，月亮也出來了。在月光下飛來了小青姨婆，站在海上，對著她面前的龍捲風說著：「大海王，我們是月亮來的女兒，請您趕快停止！」

忽然間，從500公尺高的龍捲風裡，出現了一個有著龍頭的人。他走出了龍捲風，站在小青姨婆前面說著：「我才在想，是誰的歌聲這麼迷人！把我的閃電妹、大雷兄都催眠了！」

小光張大了眼睛，看著龍頭人。

「我的大海王啊！人，你也都抓走了。一切可以告一個段落了吧？」小青姨婆說著。

「妳說到這個，我就生氣！看這些人類，把我的海國搞成什麼樣子！我怎麼可以輕易地放他們走！」

大海王一生氣，祂臉上的長鬍鬚就翹起來了。停在祂身後的龍捲風，突然旋轉了兩下。

「畢竟是幾個人的錯，不是所有人類的錯啊！我相信這樣的懲罰，已經給他們很大的警惕了！」小青姨婆試著安撫著大海王。

「所以，妳覺得，我就要這樣放過他們了？」大海王生氣地說著。「那，那些我死掉的海魚、海蟹、海蝦、海草們，就這樣冤枉死了？這樣對牠們公平嗎？」大海王氣地鬍鬚直翹，而祂背後的龍捲風這時快速旋轉著。

玉環飛到大海王面前。「大海王，我們真的很抱歉。沿海岸的居民，都是要靠這片大海才能生活，我們都是非常尊敬它的。這些炸魚的人，不是我們這邊的人，請您原諒我們的疏失，沒有把大海顧好。」玉環說完，便跪在大海王面前。

小光看著媽媽，竟然可以跪在海上，她也馬上飛下來，跪在祂前面懇求著：「大海王爺爺，我是小光。對不起，對不起，請您原諒我們！」

「哎呀，妳們這些月亮來的女兒，快起來！不是妳們的錯。起來！起來！」大海王伸出雙手，把小光和玉環拉起。而祂身後的龍捲風也停止轉動了。

「我雖然很生氣，可是我也是明理的人。但是，我如果不給人類一些教訓，以後一定會有更多災害發生。」大海王皺著額頭說著。

「對不起，大海王爺爺。請您原諒我們，不要傷

害大家。求求您！」小光雙手合十胸前懇求著。

「大海王，請給我們一次機會。拜託您！」玉環也雙手合十胸前懇求著。

「是啊……大海王，饒過他們一次吧！」小青姨婆求情著。

看著她們那麼誠懇但又擔心的表情，大海王吐了口氣，「好吧，我就原諒這些無知的人類。」祂說著，便轉過身張大了嘴巴，把500公尺高的龍捲風快速的往祂嘴裡吸去。

小光目瞪口呆的看著這神奇的一幕。

大海王轉回來看著他們說著：「但是，我有一個條件。」

「謝謝您！大海王，不論是什麼條件，我相信大家，一定會盡力去做、去完成的。」玉環感激的說著。

「人類這次用毒，傷害了這附近的整個海域，我要他們盡快把這些毒清乾淨。」大海王嚴肅的說著。「而且，很多的小魚和魚卵，不是被炸死就被毒死，所以，他們要栽培魚苗，然後放回大海繼續繁殖，這樣海國，才能恢復原本的生態，海草、礁石才能再生。」

「這些，我相信大家一定都可以做到！」玉環真誠的說著。

「那這樣你可以原諒他們了吧？讓大海恢復平靜。」小青姨婆說著。

「要我原諒他們，可以。但是，我那些蝦兵蟹將，那些海民，還是非常的憤怒。現在整個海國鬧哄哄的。」大海王說著便朝著小光看去，「所以，我要小光跟我回去。」

小光緊張的，皺著眉看著媽媽。

玉環馬上跪了下來求著：「大海王，小光還小，要懲罰，就懲罰我好了！」

「妳起來，就說不關妳們這些月亮女兒的事。」大海王說著便把玉環牽起來。

「我需要小光優美的歌聲，讓我那些海民心情平靜下來。這樣鬧哄哄的，我女兒可受不了，好不容易，她才回家。」大海王邊說，邊慈藹的笑著。

小光鬆了一口氣笑著說：「好！大海王爺爺，我願意去唱歌給您們每一個人聽。」

「很好，那我們走吧。」大海王說著，便抱起小光。

「等一下！讓我先去找我爸爸。您的大海浪，不知道有沒有傷害到他。」小光擔心的說。

「不用擔心，他在海岸邊，他沒事。」小青姨婆說著。

「真的？我爸爸沒事了。」小光開心的說著。

「那，我們可以走了。就先把妳女兒借我幾天，我很快會帶她回來的。」抱著小光的大海王說著，一陣風吹來，他們就在海面上消失了。

玉環不放心的看著海裡。

小青姨婆飛到玉環身邊，摸著她的肩膀說：「祂是一國的王，祂會說話算話的。再說，祂可是不敢得罪我們月婆的。」

　　玉環收起了臉上的擔憂，她跟小青姨婆點著頭。

　　小青拉起玉環的手，「走，我們快去找阿振。」她說著便和玉環往海岸邊飛去。

第三十五章
最終篇・小光

　　在大海王的大廳裡，充滿著憤怒的蝦兵蟹將和海民們。

　　「這些人類，以為我們海國的人這麼好欺負嗎？」蝦兵憤怒的對著蟹將說著。

　　「他們等著被大海王收拾吧！這次，絕對不會輕易饒過他們。」蟹將瞪大了眼睛說著。

　　在場的大家你一句、我一句的罵著。

　　「大家，安靜！安靜！」大老龜站在大海王的龍椅前，指揮著。

　　「大家，聽我說。大海王已經在回來的路上了，而且也抓到那些毒害我們海民的壞人了。」大老龜伸出龜頭有些激動的說著。

　　「太好了！太好了！」大家歡呼著。

　　「等一下，一定要給他們好看。」一位蟹大將軍大聲的說著。「兄弟們，你們說，對不對！」

　　「一定要給他們最大的懲罰！」「什麼樣是最大的懲罰？」「給他們喝毒水，就像他們給我們的海民吃毒藥一樣。」大家紛紛的大聲說著。

　　「這樣太便宜他們了！要炸他們！讓他們也知道，被炸被燒的痛苦！讓他們知道什麼是家破人亡。」珊瑚小姐憤怒的說著，眼淚就掉了下來。

海草妹妹馬上過來安慰她，「大海王一定會幫我們討公道的。」

「大海王到！」一個很大的聲音，從大廳的大門傳過來。

大海王走了進來，小光緊張的跟在大海王後面。

「大海王怎麼抓了個人類的小女孩回來？」「她怎麼有可能做那麼多的壞事？」大家交頭接耳的說著。

「安靜！大家！」大海王坐在祂的龍椅上說著。

小光緊張地站在祂旁邊。

「小光，不要怕。」大海王微笑的看著小光說著，便伸出了手，輕輕的握著小光的手。

「大王，這是怎麼回事？您不是已經抓到那些壞人了？怎麼是個小女孩？」蟹大將軍問著。

大海王看了他一眼，然後站起來看著大家說：「我知道，你們大家有很多疑問。」祂轉頭手比著一旁的小光，「這位是月亮來的女兒——小光。」

「月亮來的女兒？」「所以是月婆的女兒？」「她來這裡幹嘛？」大家你一句，我一句的討論著。

「我們要那些罪犯！」蟹大將軍叫著。

「對！那些無恥的罪犯！」「對！罪犯！」整個大廳吵得鬧哄哄的。

「安靜！大家！」大海工雙手舉在空中，嚴肅的說著。他搖著頭看著蟹大將軍，「我說大蟹啊，你怎麼老是這麼沉不住氣？」然後祂向守門的蝦兵揮手說

著：「把罪犯押進來。」

　　絡腮鬍男人和矮胖的男人被蝦兵架了進來。

　　他們跪在大海王前。

　　「大王，饒命啊！」矮胖的男人哭求著。

　　「大王，我們知錯了，我們不該用這種行為，來毒害您的子民的！」絡腮鬍男人低頭懺悔著。

　　「殺了他們！殺了這些沒有心的人類！」大廳裡的大家憤怒的叫著，且張牙舞爪的，一副要吃了他們的樣子。

　　「你們不要吃我啊！」矮胖的男人全身發抖的叫著。

　　「安靜！安靜！」大海王大聲說著。可是，卻沒有人聽祂說話。祂轉過頭，跟著身旁的小光點了個頭。

　　「ㄏㄨㄨㄨㄨㄏㄨㄨㄨㄨ……」小光對著大廳內唱著。

　　大家慢慢地安靜了下來，連那兩個罪犯，也平靜多了。

　　「怎麼有這麼好聽的聲音？」一位蝦兵自言自語著。

　　大海王對著小光點了個頭，小光停止了歌唱。

　　「大家，聽我說。」大海王說著。「所有一切的不幸，就是這兩個人造成的。殺死他們，對已經造成的傷害沒有任何的幫助。」

　　「可是不殺死他們，對我們逝去的海民如何交

代？」蟹大將軍的兩隻大鉗子，舉在空中不服的說著。

「所以，我要他們一輩子顧守這片大海，永遠不能回到陸地上。」大海王說著，祂的一雙大龍眼，瞪著跪在大廳的兩個罪犯，「將來如果有任何炸魚毒魚，或其他傷害我們海國的事情發生，他們兩個就會第一個被抓來懲罰。到時候，就不只是用炸的或是用毒的而已。」

「謝謝大王不殺之恩！我們願意一輩子守著這片大海。」「我們保證到老到死，都會用我們的生命顧著。」男人們磕頭說著。

躺在床上的男人清醒了。

「先生，你還好嗎？」玉環關心的問著。

「我……我很好。」男人點著頭，他環顧了一下四週問著：「我在哪裡？」

「你好，我叫玉環。我先生從海裡救了你。你在我家，不用怕。」玉環微笑說著。

「謝謝你們救了我。」男人點頭感謝著。

「你叫什麼名字？你怎麼會出現在海上？你有其他的同伴嗎？」玉環關心的問著。

只見男人下了床，跪在地上。「我叫阿明。對不起，都是我們的錯。我不應該被救起來的，我是死有

餘辜。」阿明流著淚說著。

「阿明，你不要這樣。你起來，你做了什麼事？」玉環試著把他拉起來。

阿明搖頭拒絕著，滿臉羞愧的他說著：「我不能起來，因為，我是炸魚的其中一員。」

「是你！」玉環生氣地把他推開。「對，你說得對，我們不應該救你！你知道嗎？因為你們的過錯，差一點就毀了我們的家園。」

「我知道都是我們的錯，如果不是為了籌我老婆的醫藥費，我也不會去做這種炸魚的事。我真的是想錢想瘋了，才會去做這種違背天良的事。」阿明說著慚愧地低下了頭。

「為了籌你太太的醫藥費，你就可以去毒害海上這麼多的生靈嗎？」玉環生氣的說著。

阿明抬起頭，用著堅定的眼神看著玉環，「如果可以拿我的命，去換我太太的生命，我願意！如果妳是我，難道妳不會為妳愛的人，去做任何可以救他們的事嗎？」

玉環被這個瘦弱的男人，說話時眼睛裡發出的亮光震撼到。

「我知道，我也會用盡我的全力，去保護我的家人。但是。我不會去傷害別人，來完成自己想要的。」玉環表情堅定的看著他。「每一個生靈的命，跟你太太的命，都是一樣的寶貴。你知道嗎？自然界，一切都息息相關。你們毒害了這片海，所種下的

因，是要花很長的時間和大家努力的復建，才有機會回到以前的生態。我們這些沿岸靠海的捕魚人家，才能有機會生存啊。」玉環語重心長的說著。

「對不起，妳把我交給警察吧。我願意接受法律的制裁。」阿明沮喪的說著便低下了頭。

「送你去警局，那你太太怎麼辦？」玉環問著。

阿明無奈又難過的看著她，「我……我真的沒有其他辦法了。我只能下輩子還她了。」

「怎麼這樣就氣餒了？你都敢去非法捕魚，沒有勇氣為你自己及家人再奮鬥下去嗎？」玉環激動的說著。

「那，我要怎麼辦？」阿明不知所措地問著。

「我相信，只要你誠心誠意去跟村裡所有的人道歉，告訴他們，為什麼你要去做這種非法的事。加上，讓他們知道，你願意負起責任，把這個遭毒害的海域清理乾淨，我相信，大家會給你一個機會的。」玉環建議著。

阿明感動的馬上往地上跪去，邊跟玉環磕著頭，邊感激的說著：「謝謝！謝謝妳原諒我，給我這個機會。我一定會去跟大家道歉！我一定會負起責任的！」

「小光！」一個小女孩叫著正開心的在跟蝦兵們

玩的小光。

「公主好！」蝦兵們突然站直的敬禮著。

「公主？」小光回過頭。

「小麗！」小光驚訝地叫著。她開心的跑了過去，緊緊的抱著珍珠女孩。「妳怎麼在這裡？」

「這是我家啊。」珍珠女孩微笑著。

小光放開抱著珍珠女孩的手，不敢相信的看著她，「妳家！他們為什麼叫妳公主？」她睜大眼睛問著，「難道妳是大海王的女兒？」

「是的，大海王是我爸爸。對不起，我之前沒有跟妳說實話。」珍珠女孩不好意思的說著。

「為什麼？」小光問著。

「我從小身體不好，只有喝島上的水，才可以讓我身體健康。而且我身上的珍珠，有治病的療效，所以，爸爸怕別人來傷害我，在我很小的時候，就把我送到島上住。其他的，我都跟妳說了。我一個人在島上很孤單，而妳是我第一個交到的朋友。我想要妳可以常來陪我玩，所以沒有跟妳說實話。小光，妳可以原諒我嗎？」珍珠女孩感到抱歉的說著。

「不用擔心，妳可以告訴我實話的。」小光微笑著。然後她握住珍珠女孩的手說：「我知道，妳一定是怕我把隱形島跟妳的行蹤告訴別人，對吧？如果我是妳，我也不會說實話的。所以，沒有什麼要原諒的。而且我真的好高興，可以再見到妳！」

「謝謝妳！小光。我也好高興妳可以來海國！」

珍珠女孩滿臉笑容地說著。

　　「對了，妳的香包。」珍珠女孩從口袋裡，拿出了一個粉黃色香包，放在小光手裡。「謝謝妳，它真的救了我。香包裡的藥草，解了我身上不小心沾到的毒水。所以，妳好好把它帶在身上。另外，我放了3顆珍珠在裡面。以後，如果妳生病了，就可以用它來醫治了。」珍珠女孩微笑著。

　　「謝謝妳！小麗。」小光說著，又再次緊緊地抱住珍珠女孩。

　　「小光，我看妳住下來，陪我的亮兒好了。」大海王笑著，邊說邊走到了她們身邊。

　　「亮兒？」小光放下了抱著珍珠女孩的手，她看了大海王一下，然後好奇的看著珍珠女孩。

　　「對，我的名字叫亮兒。對不起，我又騙妳了。」珍珠女孩不好意思的看著小光。

　　「沒關係，小……不，是亮兒。」小光笑著，心想真可愛的名字。

　　「妳看看，妳們的緣分，一出生就註定的。光跟亮，光亮，亮光。我看妳們兩個，註定當一輩子的好友。」大海王開心地大笑著。

　　「光亮！」小光笑著對珍珠女孩說。

　　「亮光！」珍珠女孩笑著對小光說。

第三十五章：最終篇‧小光

村民們經過了兩年的努力，終於把海上的毒水清乾淨。

　　「阿明，等一下你來魚塭幫我一下。」阿振對著剛從海上巡視完回來，肩膀挑著兩大袋垃圾的阿明說著。

　　「好的，大哥。我把這些垃圾清完就過去。」阿明點頭笑著。

　　兩年前，阿明為了報答村子裡的人，沒有送他去警局，就在全村人和四合院的老婆婆同意後，把家人搬到村裡的老婆婆家。從此，他每一天，不管颱風或下雨，都到海上去清毒液。經過兩年的努力，這片海，終於又回到當初的碧藍透澈。而村子裡的人，看到他真心的懺悔及努力，不僅原諒他，還幫他籌到醫藥費，送他太太去醫治。大家把他當成一家人。

　　今天，是村裡的大日子，因為，培植了兩年的魚苗，終於可以放到海裡了。在傍晚的時候，全村的大人小孩，帶著鮮花水果來到海岸邊，要獻給大海王。阿振、阿文、阿明以及村裡的幾個男人，把養好的魚苗，慢慢地放到海裡。大家歡呼著！

　　「明年我們就會有大豐收了！」「是啊！明年一定會大豐收！」大家開心的說著。

　　「你們看，那艘船又出現了！」一個男人指著前方海平線說著。

　　自從海上的大風暴後，有一艘破舊的老船，就一直出現在海上。聽說他們是海上的看守者，但從來也

沒有人看到他們下船過。而就只有阿明跟阿振知道，他們就是那兩個炸魚的人。

　　10歲的小光，留著一頭到腰的棕黑色長髮，盤腿坐在房間的地上。她眼睛閉著，慢慢地吸氣吐氣著。忽然間，她看到了一個洪水的景象。她睜開了雙眼，走到門外，確定左右沒人後，縱身往上一跳。很快地，她飛到了雲端上，往著洪水的地方飛去。

　　「媽媽！媽媽！剛才有一隻大鳥，一會兒就飛到雲裡面去。」村裡一個四歲的小女孩，拉著一旁媽媽的衣角，指著天上說著。小女孩的媽媽抬起頭，卻只看見，一朵朵的白雲，在藍色的天空飄著。

國家圖書館出版品預行編目資料

月亮來的女兒：光的誕生／Mrs. Q著. --初版.--
臺中市：白象文化，2020.9
　　面；　公分
ISBN 978-986-5526-91-7（平裝）

863.57　　　　　　　　　　109012443

月亮來的女兒：光的誕生

作　　　者　Mrs. Q
校　　　對　Mrs. Q、林金郎
內頁插畫　余首慧
封面插畫　賴俁
發 行 人　張輝潭
出版發行　白象文化事業有限公司
　　　　　412台中市大里區科技路1號8樓之2（台中軟體園區）
　　　　　出版專線：（04）2496-5995　　傳眞：（04）2496-9901
　　　　　401台中市東區和平街228巷44號（經銷部）
　　　　　購書專線：（04）2220-8589　　傳眞：（04）2220-8505
專案主編　黃麗穎
出版編印　林榮威、陳逸儒、黃麗穎、水邊、陳婷婷、李婕
設計創意　張禮南、何佳誼
經銷推廣　李莉吟、莊博亞、劉育姍、李如玉
經紀企劃　張輝潭、徐錦淳、廖書湘、黃姿虹
營運管理　林金郎、曾千熏
印　　　刷　基盛印刷工場
初版一刷　2020年9月
初版二刷　2022年1月
定　　　價　340元